Uwe Goeritz

Die Räubermühle

Bibliografische Information der Deutschen Nationalbibliothek:

Die Deutsche Nationalbibliothek verzeichnet diese Publikation in der Deutschen Nationalbibliografie; detaillierte bibliografische Daten sind im Internet über http://dnb.dnb.de abrufbar.

© 2016 Uwe Goeritz

Coverbild: Uwe Goeritz / Jana Goeritz

Herstellung und Verlag: BoD – Books on Demand, Norderstedt

ISBN: 978-3-8482-0893-7

Inhaltsverzeichnis

Die Räubermühle

Sachsen in den Jahren des dreißigjährigen Krieges. Von 1631 bis 1648 wütete auch in Sachsen der blutigste Krieg, den die Menschheit bis dahin gesehen hatte. Bis zu 80 Prozent der Bevölkerung kamen durch Not, Krankheiten, Hunger, Gewalt und Krieg ums Leben. Ganze Landstriche wurden entvölkert und niedergebrannt. Diese Erinnerungen haben sich tief in das kollektive Unterbewusstsein eingebrannt.

Dies ist die Geschichte von einer kleinen Gruppe Männer, die auf der Flucht aus dem Heer nicht wie alle anderen marodierend und raubend umherziehen wollen, sondern die erkannt haben, wem sie helfen wollen und von wem sie es nehmen sollen. Traumatisiert durch die Ereignisse des Sterbens und Tötens wollen sie der Gewalt ein Ende setzen. Doch wie? In einer Zeit der Gewalt kann selbst der friedfertigste nicht ganz auf Gewalt verzichten. Durch die Nutzung des Aberglaubens der Bevölkerung gelingt es ihnen unerkannt in einer Mühle Unterschlupf zu finden.

Sie sind keine Heiligen und keine Helden, sondern einfache Männer mit Mut und Entschlossenheit. Kann ihre Aufgabe ein Erfolg werden oder scheitern sie an den Umständen der Zeit? Die handelnden Figuren sind zu großen Teilen frei erfunden, aber die historischen Bezüge sind durch archäologische Ausgrabungen, Dokumente, Sagen und Überlieferungen belegt.

1. Kapitel

Stolze Krieger?

Das Hornsignal schallte laut über das Zeltlager und riss den jungen Mann aus seinen Gedanken. Er strich sich über seinen Vollbart und griff zu dem Schwert, das neben ihm auf der Bank lag. Mit ein paar schnellen und geübten Griffen richtete er seine Kleidung. Er schnallte das Schwert um und als letztes setzte er den Hut mit der langen Feder auf, bevor er aus dem Zelt trat. Er warf einen Blick auf den Brustpanzer, der neben dem Eingang lag und zögerte einen Moment. Sollte er ihn umbinden oder nicht? Eigentlich brauchte er ihn nicht und doch gehörte er einfach dazu.

Er griff nach dem Panzer und legte ihn um. Er zog die Lederriemen fest und fuhr mit den Fingern die Kante entlang, damit seine Kleidung keine drückenden Falten warf. Mit einer schnellen Handbewegung schlug er den Eingang zurück und trat nach draußen. Hinter ihm fiel die Zeltbahn mit einem raschelnden Geräusch zurück vor die Öffnung.

Vor dem Zelt stehend sah er mit einem stechenden Blick auf seine Männer, die kreuz und quer durcheinander liefen, bevor sie sich endlich zu einer Reihe aufstellten. „Seine Männer?" er war zwar als Hauptmann des Kaiserlichen Heeres für die Kämpfer verantwortlich, aber von den hundert Männern hatte er höchstens zehn, denen er vertrauen konnte. Richtige Uniformen hatten sie alle nicht, nur normale Kleidung. Die Farbe der Schärpe unterschied Freund und Feind in der Schlacht.

In manchen Schlachten wechselten die Kämpfer mehrmals die Seiten. Schärpe ab und die eines Toten umbinden und schon war man auf der anderen Seite. Je nachdem zu wessen Gunsten sich das Kriegsglück gerade wendete. Viele kannten sich und die Kämpfer waren sowieso aus allen Ländern zusammen geholt worden. Dreckig, verlaust, aber wohlgenährt standen sie nun vor ihm. Seine hundert Männer waren in drei Gruppen eingeteilt. Am linken Rand standen zwanzig, die ihre langen Zweihandschwerter vor sich abgestellt hatten. Danach folgten vierzig Spießträger und den Abschluss bildeten vierzig Musketenschützen.

Zusammen mit den Unteroffizieren kontrollierte Hans, so hieß der Hauptmann, seine Männer. Er begann links bei den Doppelsöldnern. Sie mussten mit den Schwertern beim Angriff eine Schneise in die Wand der gegnerischen Spieße schlagen und wurden dafür mit dem doppelten Sold belohnt. Daher waren sie auch mit besseren Sachen als der Rest ausgestattet. Bunte Federn an ihren Hüten stellten ihr Statussymbol dar und sie fühlten sich den anderen Söldnern überlegen. Sie waren alle groß und kräftig, da sie die mehr als mannshohen Schwerter handhaben mussten.

Hier war alles in Ordnung, in der Mitte, bei den Spießträgern, sah das anders aus. Viele hatten nicht mal richtige Schuhe an und auch die Sachen waren verschlissen, löchrig und abgetragen. Einzig die Waffen waren in Ordnung, die kurzen Schwerter und die sehr langen Spieße wurden vom Heer gestellt. Diese Waffen wurden kontrolliert und mancher Rostfleck beanstandet. Einige verschwanden kurz, um die Waffen zu polieren und sie danach wieder vorzuzeigen. Den Abschluss der Kontrolle bildeten die Musketen der Schützen. Jeder hatte eine Luntenschloßmuskete, eine Musketengabel zum Auflegen der Waffe, eine Tasche für die Kugeln und einen Gürtel mit vielen kleinen Pulverflaschen daran.

Auch hier musste an einigen Musketen der Rost entfernt werden, was auch schnell gemacht wurde. Im Regenwetter waren die Musketen vollkommen nutzlos und schon oft hatte Hans erlebt, wie mitten in der Schlacht die Musketen nur noch zum Schlagen benutzt werden konnten. Für den Notfall, im engsten Getümmel der Schlacht, hatten auch sie ein kurzes, kaum armlanges Schwert an ihrer Seite.

In der Schlacht hielten nur seine Unteroffiziere die Truppe zusammen. Auf sie konnte sich Hans verlassen und als Abschluss kontrollierte Hans die etwa mannshohen Spieße seiner Unteroffiziere. Mit diesen kurzen Waffen hielten sie, hinter den Kämpfern herlaufend, die Truppe von der Flucht ab. Vorn die Spieße des Feindes und hinten die der Unteroffiziere, da mussten sie kämpfen, ob sie wollten oder nicht.

Noch vor dem Mittag war die Kontrolle beendet und alle holten ihre Schüsseln und Löffel, um ihre Suppe in der Küche in Empfang zu nehmen. Hans übergab die Männer an die Unteroffiziere, nahm sein Pferd und ritt zum Befehlshabenden Obristen, um den Zustand seiner Männer zu melden. Schon bald würde es wieder in die Schlacht gehen. So wie sie es vor ein paar Wochen im Mai des Jahres 1631 in Magdeburg gemacht hatten.

Nach ihrem Sieg hatten sie die ganze Stadt ausgeplündert und anschließend angezündet. Jeder der Stadtbevölkerung, der nicht fliehen konnte, war dabei ums Leben gekommen. Aber so war das eben im Krieg und Hans machte sich da nicht zu viele Gedanken darüber. Das Leben seiner Männer war schon nicht viel Wert, das Leben eines Bauern gleich gar nichts. Die Heimat des Offiziers lag weit im Süden bei Prag in Böhmen. Dort hatte er auch schon zu Beginn des Krieges gekämpft. Das war nun schon viele Jahre her. Seine elterliche Burg hatte er seitdem nicht wiedergesehen. Wie mag es wohl seinen Eltern ergangen sein?

Das Pferd ritt von selbst die breite Gasse entlang. Sein alltäglicher Weg war dem Schimmel wohlbekannt und die Ordnung im Lager immer dieselbe, egal wo das Lager aufgeschlagen wurde. Links und rechts waren Zelte, so weit wie der Offizier sehen konnte. Auch einen Bereich für Kranke und Verletzte gab es, doch jeder im Heer mied diesen Bereich. Man kam selten Lebend dort wieder weg und Krankheiten kosteten mehr Söldner das Leben, als der Feind in der Schlacht.

Der Mann stoppte das Pferd vor einem großen Zelt und stieg ab. Ein Knecht nahm ihm die Zügel ab und Hans schlug die Zeltplane zurück. Er betrat das Zelt und grüßte die anwesenden Offiziere, die kurz vom Tisch aufsahen und ihn mit einem Nicken begrüßten. Hans erstattete dem Schreiber in der Ecke des Zeltes Bericht. Sorgfältig wurden die gemeldeten Zahlen in das große Buch geschrieben. Danach trat Hans an den Tisch heran.

Der Marsch zum nächsten Lagerplatz wurde hier gerade besprochen. Offenbar war das umliegende Land vollkommen ausgeplündert und das Heer musste zu einer neuen Nahrungsquelle weiterziehen. Am nächsten Morgen sollte es losgehen und die Truppe von Hans würde die Spitze bilden. „Wie immer." dachte Hans. Er meldete sich ab, ging zu seinem Pferd und fuhr ihm über den Kopf. Sein Schimmel spielte mit den Ohren und nickte wie zur Bestätigung des neuen Aufbruchs.

2. Kapitel

Verzweifelter Kampf

Der Sommer des Jahres 1632 hatte begonnen und damit auch die Erntezeit. Die wenigen übrig gebliebenen Bauern gingen auf die Felder und brachten die Ernte ein, die meist kurz darauf von den Heeren geraubt wurde. „Der Krieg ernährt sich selbst." hatte ihr Heerführer Wallenstein einmal gesagt. Hans hatte schon bald gemerkt, wie das Ganze gemeint war. Wenn die Bauern für die Versorgung aufkommen mussten, so brauchte niemand dafür Geld ausgeben.

Hans hatte nicht allzu viel Mitleid mit den Bauern. So wie er hier in der Armee lebte, so war es eben Gottgegeben für ihn. Der warme Wind zog durch das Lager und blähte die nach oben gebundenen Zelte auf. Staub drang in die Zelte und legte sich auf alles, was die Söldner besaßen. Jeden Tag gingen Teile des Heeres auf Beutezug ins Umland. Niemand war mehr sicher, wenn das Heer in der Nähe war.

An diesem Tag sollte Hans mit seiner Truppe die Versorgung des Heeres sicherstellen. Am Morgen ließen die Unteroffiziere alle Söldner antreten. Alle schweren Waffen blieben im Lager, nur mit den kurzen Schwertern bewaffnet machten sich die hundert Mann unter Führung von Hans und seiner zehn Unteroffiziere auf den Weg in das nächste Dorf. Ein paar Wagen für die Beute schlossen sich ihnen an.

Sie zogen zuerst durch ein Wäldchen und danach über Wiesen und Felder, die schon abgeerntet waren. Vorbei an den Resten von ein paar zerstörten Dörfern und dann über eine Brücke, die sich über einen kleinen Fluss spannte. Von seinem Pferd aus konnte der Offizier die Dächer des Dorfes sehen und hielt die Kolonne an. Sie würden

12

von drei Seiten in das Dorf einfallen. Hans schickte die Doppelsöldner mit seinem Freund Karl, der sein Stellvertreter und Unteroffizier war, nach links, die vierzig Musketenschützen, die ihre Musketen zurückgelassen hatten, nach rechts. Mit dem Rest wollte Hans dann von vorn kommen.

So wollte er die Flucht der Bauern vermeiden und alle im Dorf mit seinem Überfall überraschen. Die Wagen blieben bei Hans und nun nahmen die Söldner das Dorf in die Zange. Mit gezogenen Schwertern und laut schreiend fielen die Männer im Rennen in das Dorf ein. Ein paar der Bauern versuchten sich mit Mistgabeln und Knüppeln zu wehren, aber die kurzen Schwerter der Söldner waren furchtbare Waffen. Die breiten Klingen durchtrennten Arme oder Beine meist mit dem ersten Hieb.

In wilder Raserei, fast im Blutrausch, tobten die Söldner durch das Dorf und ließen niemand am Leben. Die Vorräte wurden aus den Scheunen geholt und auf die Wagen verladen. Als sie die Kühe aus einem der Ställe hohlen wollten stach ein Bauer, der sich dort drin versteckt hatte, einen der Söldner mit einer Mistgabel nieder und lief dann aus dem Stall heraus über den Platz. Während seiner Flucht verletzte er noch zwei andere Söldner, dann warf er die Mistgabel weg, um schneller laufen zu können. Hans trieb die Absätze seiner Stiefel in die Seiten seines Pferdes. Das bäumte sich kurz auf und Hans zog seine Waffe. Schnell ritt er auf dem Pferd hinterher und streckte den Bauern mit einen einzigen Hieb seines langen Reiterschwerts nieder, bevor dieser den schützenden Waldrand erreichen konnte.

Der Söldner im Stall war Tod, ihm wurde die Ausrüstung abgenommen und dann ließen sie ihn einfach, zwischen den toten Dorfbewohnern, liegen. Die Wunden der beiden anderen wurden verbunden. Die Männer stöberten durch alle Hütten und nahmen sich was ihnen gefiel. Nur die Verpflegung war für das Heer zu sichern, der Rest war Belohnung für die Männer. Nachdem alles Brauchbare aufgeladen war, liefen die Unteroffiziere mit Fackeln durch das Dorf und alle Hütten sowie Ställe wurden angezündet.

Eine hohe Rauchsäule zog zum Himmel und blieb hinter den Söldnern zurück. Sie verkündete allen die Zerstörung des Dorfes und zeigte den anderen Dörfern, dass sie heute noch Glück gehabt hatten. Noch vor dem Abend waren sie wieder zurück im Lager. Hans machte Meldung und berichtete vom Verlust eines Mannes. In der Zeit luden seine Männer die Beute an der Küche ab.

Wenn sie nicht in ihrer Raserei alle getötet hätten, dann wären die jungen Männer gefangen genommen worden und zum Dienst im Heer gezwungen gewesen. Viele von ihnen blieben auch freiwillig. Hier gab es immer reichlich zu essen und sterben konnten sie auch in ihren Dörfern, wie der heutige Tag ja wieder mal gezeigt hatte. Das Heer hatte immer Bedarf an Söldnern. Krankheiten forderten mehr Opfer als die Kämpfe. Hans musste sich nun damit abfinden, dass er erst in ein paar Tagen Ersatz für die, in der Zwischenzeit verlorenen, Männer bekommen würde. An manchen Tagen starben zwei oder drei. Heute war es nur einer gewesen.

Jeder schaffte seine Beute in die Zelte und ging dann zur Küche, um seine Schüssel mit dampfender Suppe zu empfangen. Es würde sicher für jeden ein großes Stück Fleisch darin sein und Brot würde es auch geben. Die meisten Bauer kannten Brot nur aus Erzählungen und Fleisch konnten sie sich auch kaum leisten. Was die Söldner übrig ließen, holten meist die Eintreiber der Lehnsherren. Für die, die all dies Produzierten blieb meist nur eine dünne Gemüsesuppe. Langsam sank die Dämmerung auf das Zeltlager herunter.

Am Abend saßen die Unteroffiziere vor seinem Zelt am Feuer und ließen die Trinkbecher herum gehen. Hans setzte sich dazu und stopfte sich eine Pfeife mit Tabak. Mit einem langen Span zündete er die Pfeife an und blies den blauen Dunst nach oben in Richtung Mond. Einer der Männer fing an ein altes, schwermütiges Söldnerlied zu singen. Nach und nach stimmten alle mit ein, auch an den anderen Feuern wurde das Lied aufgenommen und schwebte über den Zelten. Es erzählte vom Kampf in der Schlacht, vom Glück der reichen Beute und dem Tod der Kämpfer.

Erst spät kamen die meisten vollkommen betrunken in ihre Zelte, obwohl schon lange Zapfenstreich geblasen worden war, aber Hans wollte heute einfach mal nur am Feuer sitzen, und wenn er nichts sagte, so würden auch die Unteroffiziere sitzen bleiben. Als Hans dann zu seinem Zelt ging streichelte er seinem Pferd, das auf der nahen Koppel stand, den Kopf. Sie waren schon ein paar Jahre zusammen und auf sein Pferd konnte er sich verlassen, im Gegensatz zu seinen Männern, da war er sich nicht so sicher.

3. Kapitel

Das zerbrochene Schwert

Es war Oktober des Jahres 1632. Die gegnerischen Heere waren in der Nähe von Leipzig versammelt und in den nächsten Tagen würde wohl eine große Schlacht stattfinden. Die Ausrüstung wurde noch mal viel intensiver überprüft. Jeden Tag wurden vor dem Zeltlager Übungen abgehalten und Hans war mit der Leistung seiner Männer zufrieden. Karl würde in der Schlacht die Schützen führen müssen und machte ein Zielschiessen mit den Männern am Rande der Wiese.

Laden und schießen wurde solange geübt, bis alle in derselben Geschwindigkeit schießen konnten. Die Treffsicherheit der Musketen ließ zwar zu wünschen übrig, das galt aber auch für die Musketen ihrer Feinde. Zielsicher waren sie höchstens auf zwanzig Meter. Das heißt also auf die Entfernung, auf die man sie auch werfen konnte. Der Lärm und der Knall waren wichtiger, als das Treffen. Die Rauchwolke am Rand wurde immer größer und der Gestank des Pulvers zog bis zu Hans herüber.

Die Unteroffiziere erstatteten Hans Bericht und ließen die Männer in die Zelte gehen. Die Waffen mussten noch gereinigt werden. Nach der Übung ritt Hans zum Befehlszelt und erfuhr dort, dass es am nächsten Tag losgehen sollte. Der Aufmarschplan wurde abgesprochen und Hans würde mit seinen Männern die linke Flanke sichern. Der Offizier warf einen Blick auf die Karte und überschlug den Weg seiner Männer. Er prägte sich den Weg ein und überlegte sich ein paar markante Wegpunkte für seinen Marsch. Nachdem er das Zelt verlassen hatte ritt er zu seinem Zelt zurück. Er sattelte sein Pferd ab, führte es zur Weide hinüber, nahm seine beiden Pistolen aus den Sattelholstern und kontrollierte sie. Er schoss beide Pistolen auf den Boden ab und setzte sich vor das Zelt.

Neben sich auf der Bank breitete er ein Tuch aus und legte alles was er brauchte darauf ab. Ein Beutel mit Pulver, ein Beutel mit Kugel, das Pulvermaß und den Ladestock. Er kontrollierte den Mechanismus jeder Pistole. Ein Versagen konnte er sich im Kampf nicht leisten. Sorgfältig wurde alles begutachtet und ein paar Schrauben nachgezogen. Ein loses Messingteil befestigte er mit einem kleinen Hammer und ein paar Schlägen.

Die Unteroffiziere schauten sich wortlos an und nickten. Sie kannten Hans, und wenn der seine Pistolen säuberte, war das ein Zeichen für einen bevorstehenden Kampf. Hans wischte die Pistolen mit einem Lappen ab und polierte die Messingteile. Er lud die Pistolen sorgfältig und zog mit dem Schlüssel die Radschlösser auf. Zum Schluss verstaute er die Pistolen wieder in den Holstern. Danach schliff er das Schwert mit einem Schleifstein. Karl setzte sich neben ihn und Hans stellte kurz seine Arbeit ein. Er schaut auf und sah den Mann an.

„Morgen früh geht es los. Wir ziehen in die Schlacht gegen die Schweden." sagte Hans und Karl nickte „Das hatte ich schon vermutet." sagte er und zeigte auf den Schleifstein in der Hand des Offiziers. „Sag allen Bescheid und gib Bier aus." sagte Hans und der Unteroffizier stand auf. Karl ging zu den anderen Unteroffizieren und zusammen kontrollierten sie ihre Männer. Anschließend gaben sie noch Bier für alle aus. Die Marketenderinnen brachten es mit einem Karren zu den Männern, nachdem einer der Unteroffiziere sie geholt hatte. Heute bezahlte Hans aus seinem Beutel mit ein paar Münzen, die er Karl in die Hand gedrückt hatte.

Hans prüfte die Schärfe des Schwertes und hielt es so, dass sich die Sonne darin spiegelte. Er war damit zufrieden und verstaute das fertig geschärfte Schwert in seinem Zelt. Als die Dämmerung einbrach legte sich Hans auf sein Bett, konnte aber bis zum Morgen nicht einschlafen. Noch vor Sonnenaufgang stand er, mit seinem Brustpanzer und dem Schwert an seiner Seite, bei seinem Pferd. Er fuhr ihm über den Kopf und nahm die Zügel in die Hand.

In die Zelte kam langsam wieder Leben. Die Unteroffiziere brachten mit lauten Rufen die Männer in Bewegung und ließen zum Abmarsch antreten. Hans schwang sich auf sein Pferd und setzte sich an die Spitze seiner Männer. Karl stimmte hinter ihm ein Marschlied an und alle stimmten mit ein. Der Schlag der Trommel gab den Marschtakt vor. Der Offizier folgte den eingeprägten Wegepunkten. Nach einer ganzen Weile hatten sie ihren Platz erreicht. Ganz links außen, sozusagen als linker Punkt des gesamten Heeres, stand Hans mit seinem Pferd. Neben ihm befand sich Karl mit den Schützen in einer Reihe. Die Spießträger hatten sich hinter ihnen postiert, die Spieße nach oben gehalten. Die Doppelsöldner mit ihren Zweihandschwertern standen am rechten Rand der Männer und bildeten die Verbindung zur nächsten Einheit.

Auf ein Hornsignal hin setzte sich das Heer langsam in Bewegung. Von der anderen Seite bewegte sich das schwedische Heer auf sie zu. Die Staubwolken der marschierenden Truppen zogen über das Feld. Bald schon waren nur noch die Spitzen der Fahnen zu sehen, die aus dem Staub ragten und Orientierungspunkte für Freund und Feind waren. Die Hin und Her reitenden Reiter beider Armeen sorgten für noch mehr Staub in der Luft.

In einem Abstand von etwa hundert Metern blieben die Heere stehen und beschossen sich mit Musketen und Kanonen, mit mehr oder weniger Erfolg. Der Pulverdampf vermischte sich mit dem Staub und verstärkte die stinkende Wolke. Reiterei griff sich nun gegenseitig an und zog sich wieder zurück, bis das kaiserliche Heer zum Angriff ansetzte, ohne dass irgendjemand etwas sah. Einfach in Richtung der feindlichen Fahnen.

Mit dem Schwert in der Hand ritt Hans an der Seite und alle liefen so schnell nach vorn, wie sie konnten. Vor sich sah der Offizier die schwedischen Linien immer näher kommen. Immer deutlicher konnte er die einzelnen Menschen vor sich sehen. Söldner, genau solche wie die, die neben ihm liefen. Die Spießträger senkten die Spieße und wie ein Igel liefen sie weiter nach vorn. Sie rannten auf eine Gruppe von Schützen zu, die in schneller Folge ihre Musketen abschossen.

Durch den sich verziehenden Pulverdampf und Staub sah Hans keine zehn Meter vor sich einen Schützen, der auf ihn zielte. Der Offizier riss das Schwert nach vorn. Er sah wie sich der Hahn mit der brennenden Lunte senkte. Ganz langsam kam ihm das vor. Er schaute genau in den Lauf vor sich. Die Öffnung sah riesengroß aus. Der Blitz kam von vorn und Hans sah das zersplitternde Schwert, direkt vor sich, das von der Kugel getroffen worden war, dann spürte er wie die Kugel seinen Brustpanzer in der Mitte durchschlug und ihn nach hinten vom Pferd riss. „Das war es jetzt wohl." dachte Hans, im Gras liegend, bevor ihm schwarz vor Augen wurde.

4. Kapitel

Auf der Flucht

Hans erwachte, als ihm etwas Feuchtes im Gesicht berührte. Als er die Augen öffnete, sah er den Kopf seines Pferdes direkt über sich. „Wieso bin ich noch am Leben?" fragte er sich. Die ganze Brust, da wo ihn die Kugel getroffen hat, tat ihm weh. Er hob die Hand und sah den Griff des Schwertes mit der abgebrochenen Klinge. Mit der anderen Hand fuhr er über seinen Brustpanzer und steckte einen Finger in das Loch über seinem Herzen. „Ich muss tot sein, so etwas überlebt man nicht!" dachte er sich und setzte sich auf. Rings um ihn lagen einige tote Söldner und ein totes Pferd.

Sein Pferd stupste ihn von hinten an und legte seinen Kopf auf die Schulter des Mannes. Hans ergriff die Zügel und schaute nach vorn. In einiger Entfernung sah er in der Staubwolke seine Männer immer noch im Angriff. Sie hatten die Schweden etwa zweihundert Meter zurück geworfen. Er schaute sich um und lies das zerbrochene Schwert fallen. Neben sich sah er ein Schwert von einem seiner Männer, dass er aufnahm. Er schwang sich wieder auf sein Pferd und ritt seinen Männern hinterher. Die Schmerzen in der Brust waren auszuhalten und er musste in den Kampf.

Im Pulverdampf sah Karl seinen Freund heran reiten. Er hatte ihn für tot gehalten, nachdem er ihn vom Pferd fallen gesehen hatte und hatte das Kommando übernommen. Jetzt war er für einen Moment überrascht, ihn am Leben zu sehen. Ein Kurzschwert schwingend ritt Hans in den Kampf. Nach links und rechts schlagend galoppierte er zwischen die Schweden und riss seine Männer weiter nach vorn. Alle starrten auf das Loch in seinem Brustpanzer. „War es ein Geist, der da ritt, oder lebte der Offizier wirklich noch? War er etwa unverwundbar?" fragte sich Freund und Feind.

Immer weiter wurde gekämpft, doch niemand konnte einen Sieg für sich verbuchen. Die Staubwolken wogten hin und her. Bei einem dieser Angriffe, im Staub der Schlacht, wurde der schwedische König tödlich von einer Kugel getroffen. Viele Kämpfer auf beiden Seiten lagen im Staub, Verletzte schreien, reiterlose Pferde ritten verstört durch die Reihen und rissen Söldner um. Blut färbte den Boden rot. Nur langsam ließ die Kraft der Männer nach, auf kurze Entfernung wurde gekämpft und durch den Staub auf der Kleidung waren weder die eigenen Männer noch die Feinde zu erkennen. Jeder kämpfte gegen jeden.

Erst bei Einbruch der Dämmerung brachen sie die Kämpfe ab. Alle zogen erschöpft in ihre Lager, zumindest die, die noch laufen konnten. Verletzte wurden auf Wagen geladen und zu den Verbandsplätzen zum Sterben gebracht. Vielen konnten die Bader oft nicht mehr helfen. Die Verletzungen durch Kugeln und Kurzschwerter waren meist viel zu schwer. Zertrümmerte Knochen und abgetrennte Gliedmaßen waren die meisten Verletzungen, nur selten konnte diese jemand überleben.

Am Abend nahm Hans in seinem Zelt den Panzer ab und besah sich das Loch. „Wie konnte ich das überlebt haben?" fragte er sich selbst laut. Die Jacke hatte auch ein Loch, direkt über seinem Herzen, aber wo war die Kugel? Die steckte in der Mitte des Kreuzes, dass er an einer Kette um den Hals getragen hatte. Es war verformt, aber es hatte gehalten. Karl schaute zum Zelt herein und sah das Kreuz in der Hand seines Freundes. „Ist das ein Zeichen Gottes?" fragte Hans, mehr sich selbst als den Freund.

„Ich denke schon!" setzte Hans selbst hinzu. „Wie sind ihre Befehle?" fragte Karl den Offizier. „Ich habe keine Ahnung. Aber mein Kampf ist zu Ende." sagte Hans mit einem entschlossenen Blick „Das wird sicher nicht gehen." sagte Karl „Überschlafen sie das lieber noch einmal." setzte er hinzu und zog sich aus dem Zelt zurück. Karl setzte sich an das Feuer vor dem Zelt und begann zu überlegen. Zu viele hatte er hängen sehen, die den Kampf beenden wollten. Fahnenflucht wurde hart bestraft. Nur so war die Disziplin im Heer aufrecht zu erhalten. Nach einer ganzen Weile und einer größeren Menge Bier ging er in sein Zelt zurück.

Im Morgenlicht trat Hans wieder vor sein Zelt. Er war unbewaffnet und ging zu seinem Pferd hinüber. Bevor ihn Karl stoppen konnte war er schon zum Befehlszelt los geritten. Dort angekommen band er die Schärpe ab und warf sie, als Zeichen seiner Kündigung, seinem Befehlshaber vor die Füße. Schon wenige Augenblicke später war er gefesselt in Gewahrsam genommen. Wallenstein tobte und wollte ihn unbedingt hängen sehen.

Karl hatte ebenfalls einen Entschluss gefasst, als er Hans hatte weg reiten sehen. Er besorgte sich ein Pferd und ein paar Waffen, die er an dem Pferd anbrachte. Er ritt zum Befehlszelt und sah bei seiner Ankunft gerade noch, wie sie Hans gefesselt aus dem Zelt brachten. Drin hörte er den Heerführer toben und schreien. Karl nahm sich das Pferd von Hans, das der vor dem Zelt angebunden hatte, und ging langsam, die beiden Pferde hinter sich her ziehend, hinter den Wachen her. Es waren zwanzig Männer, die den Freund auf dem Weg bewachten.

Nach ein paar hundert Metern brachten sie ihn in eine Scheune und verschlossen diese. Es blieben nur vier Söldner zur Bewachung zurück. Jetzt musste Karl nur noch warten bis es dunkel wurde. Karl hatte sich einen Platz an einem Feuer vor einem Zelt gesucht, von dem er den Eingang der Scheune einsehen konnte. Als das Signal zum Zapfenstreich gegeben wurde, und alle in ihre Zelte verschwanden, band Karl die beiden Pferde an einem der Zelte fest und tat so als ob er betrunken den Weg suchte. Er näherte sich in Schleifen torkelnd immer mehr dem Eingang der Scheune und damit den Wachen, die davor standen.

Als Karl nahe genug war, zog er sein Schwert und schlug zwei der Wachen mit einem Hieb nieder. Die anderen beiden überraschte er ebenfalls, fast vollkommen lautlos hatte er alle Wachen niedergerungen und die Scheune geöffnet. Hans erkannte den Freund, als sich die Tür öffnete und kam zum Eingang. Karl schnitt die Fesseln durch, band seine Schärpe ab und warf sie zu Boden, neben den toten Wachen. Nun waren sie beide frei und gejagt.

Sie liefen zu den Pferden und ritten in die Dunkelheit, ohne zu wissen, wohin ihre Flucht gehen sollte.

5. Kapitel

Auf dunklen Wegen

Sie waren schon eine ganze Weile durch die Dunkelheit geritten, so schnell ihre Pferde nur konnten. Der Mond beleuchtete den Weg und von Zeit zu Zeit hatte Hans das Gefühl, dass er auch hinter sich Hufe hörte. Es war aber nur der Widerhall ihrer eigenen Pferde. „Wie lange werden wir Zeit haben, bevor die Wachablösung die toten Wachen findet und unsere Flucht bemerken wird? Höchstens eine Stunde haben wir Vorsprung." dachte er sich. Bis jetzt waren sie Richtung Osten geritten und keiner der Beiden hatte auch nur ein Wort bisher gesagt.

An Leipzig waren sie vorbei geritten, die Stadttore waren ja zu und dort hätte man sie sicher zuerst gesucht. Ein paar größere Dörfer hatten sie durchquert, ohne dass sie jemanden gesehen hatten. Die Bewohner hatten sowieso Angst vor Reitern in dieser Zeit des Krieges und nachts konnte da nichts Gutes auf dem Weg sein. In einigen hatten sie nur leere Fensterhöhlen und ungedeckte Dächer gesehen. Die Bewohner waren entweder tot oder nach Leipzig, in den Schutz der Stadtmauern, geflüchtet.

Kleine Wäldchen lösten sich mit Freiflächen ab. In den Wäldern mussten sie etwas langsamer reiten, auf den Feldern konnten sie dafür wieder Zeit aufholen. Mitten in einem Waldstück lag eine Kreuzung, an der sie stoppten. Ringsum standen hohe Bäume wie Soldaten auf dem Appellplatz und von seinem Pferd aus konnte Hans fast zu beiden Seiten des Weges die Bäume berühren so schmal war der Pfad im Wald. Karl schaute seinen Freund an. In alle vier Himmelsrichtungen führte der Weg. „Wohin?" fragte er. Hans überlegte kurz und dachte dabei an seine Familie in Böhmen. Er zeigte nach rechts, Richtung

Süden, und schon schwenkten sie beide in die Heimatrichtung des Offiziers ein.

Der Waldweg wurde mal breiter und mal schmaler, von Zeit zu Zeit ritten sie über Lichtungen im Wald. Dann öffnete sich der Wald zu einer großen Freifläche. Sie hielten kurz an. Es waren noch ein paar Stunden bis zum Sonnenaufgang und die gegenüberliegende Waldkante war nicht zu sehen. Sollten sie weiter reiten? Karl schaute zurück und dachte an die Scheune mit den toten Wachen zurück. „Also los!" sagte er und trieb sein Pferd zur Eile an.

Als die ersten Strahlen der Sonne über den Horizont krochen sahen sie eine Ruine vor sich. Es war vermutlich mal eine Kirche gewesen. Karl stoppte das keuchende Pferd direkt vor dem Eingang. Er gab seinem Freund die Zügel und schaute vorsichtig in das Gebäude hinein. Das Dach war eingestürzt, bildete aber einen Überhang als Schutz. Es lag viel Schutt in dem Gebäude und eine Wand, sowie Teile des Glockenturms waren hinein gestürzt.

Gemeinsam führten sie die erschöpften Pferde durch das Tor und rieben sie mit Gras trocken. „Wir werden abwechselnd ruhen und heute Abend weiter reiten. Ich fange mit der Wache an." legte Hans fest. Sein Freund nickte zur Bestätigung und rollte sich, ohne ein weiteres Wort, auf einer stehen gebliebenen Kirchenbank zusammen. Kurze Zeit später war er eingeschlafen und schnarchte leise. Hans nahm seine Pistolen aus den Satteltaschen und setzte sich so, dass er durch ein Fenster den Weg im Auge behalten konnte, auf dem sie hier her gekommen waren. Von dort würden wahrscheinlich auch die Verfolger kommen, falls sie hinter ihnen her sein würden. Spuren hatten die Beiden ja nicht hinterlassen auf ihrem Weg.

Draußen wurde es immer heller und in den Resten des Turmes wurden ein paar Krähen munter. Sie flogen auf und umrundeten krächzend das Gebäude auf der Suche nach ihrem Frühstück. Das Licht der Sonne fiel auf das umgefallene Kreuz über dem Altar und beleuchtete das Gesicht Jesu. Der Mann fasste zu dem Kreuz, was zwar verbeult war, aber das er immer noch um den Hals trug. Er dachte nach. Vor zwei Tagen hatte ihm dieses Kreuz in seiner Hand das Leben gerettet und nun beschützte das Kreuz über dem Altar ihre Flucht, sowie die Ruhe des Freundes.

Von draußen waren Hufe zu hören und Karl duckte sich hinter das Fenster. Über die Kante hinweg konnte er sehen, dass zwei Melder den Weg entlang ritten. Vorsichtig nahm er die Pistolen nach vorn und lauschte. Aber das Hufgeräusch verklang in der Ferne, dafür fing es nun an zu regnen. Erst ganz leicht und dann immer heftiger werdend. Hans schaute auf die schwarzen Wolken, die er durch das zerstörte Kirchendach sehen konnte. Dann zog er sich weiter in das Innere zurück und setzte sich in der Nähe des Altars auf eine Bank. Nach einer ganzen Weile des Grübelns weckte er seinen Freund. Er drückte Karl die Pistolen in die Hand und legte sich unter das Kreuz.

Als am Abend langsam die Dämmerung einsetzte weckte Karl seinen Freund wieder. Sie setzten sich noch für einen kurzen Moment unter das umgefallene Kreuz. Karl hatte aus seiner Tasche etwas Brot geholt, das sich die beiden schmecken ließen. Wortlos saßen sie so nebeneinander und ein jeder der beiden überlegte, wie es nun für ihn weiter gehen sollte. Die Nacht senkte sich über die zerfallene Kirche und gab der ganzen Situation etwas Gespenstisches. So wie die Sonne am Morgen das Kreuz beleuchtet hatte, so tat es nun der Mond mit seinem fahlen Licht. Wenn man so wollte saßen sie zu dritt nebeneinander. Karl, Hans und Jesus direkt neben ihnen am Kreuz. So wie Hans sein Kreuz das Leben gerettet hatte, so hatte es Jesus das Leben genommen.

Mit diesem Gedanken stand Hans auf und ging zu seinem Pferd. Karl folgte ihm schweigend und gemeinsam führten sie die Pferde aus der Kirche heraus. Der Regen hatte aufgehört, aber die Wege waren immer noch nass. Der Mond spiegelte sich in den Pfützen. Zusammen ritten sie, jedoch langsamer als in der Nacht zuvor, weiter. Sie konnten sich leise unterhalten. „Wir können nicht in mein Zuhause, solange Wallenstein lebt." begann Hans „Aber Gott hat mir im Traum ein Zeichen gegeben, dass ich das Töten lassen soll, sonst wird er mich töten. Wer zum Schwert greift, wird durch das Schwert sterben."

Karl nickte und fragte „Was nun?" „Das wird sich zeigen." antwortete sein Freund „Ich habe die letzten Jahre nur Krieg gesehen, doch das ist nun vorbei." Dann ritten sie schweigend weiter. Nach ein paar Stunden erreichten sie einen neuen Wald, durch den sie immer weiter in südlicher Richtung kamen.

6. Kapitel

Die letzte Kugel

In dieser zweiten Nacht ihrer Flucht wollten sie den anderen Waldrand erreichen, aber der Wald war viel zu groß. In schlängelnden Bewegungen folgten sie dem Weg durch die Nacht. Wenn es nebelig oder bewölkt gewesen wäre, hätten sie sicher die Orientierung verloren, aber es war sternenklar in dieser Nacht. Sie versuchten den Polarstern immer hinter sich zu halten, um nicht allzu weit von der Richtung Süden abzukommen. Die Sichtweite nach vorn betrug nur wenige Meter, mehr als drei Pferdelängen waren selten möglich. Über sich sahen sie den Himmel zwischen dunklen Baumkronen schimmern.

Als die Sonne mit der Dämmerung ihre ersten Strahlen bis zum Waldboden hinunter schickte, waren sie immer noch mitten im Wald. Die beiden Männer hielten an, schauten sich um und fanden eine Schlucht im Wald, keine hundert Meter neben der Straße, die durch einen Graben mit dem Weg verbunden war. Sie führten die Pferde in die Schlucht hinein und ließen sie dort grasen. Ihr Unterschlupf für diesen Tag war fast kreisrund, mit saftigen Grass bewachsen und nicht einmal fünfzig Meter im Durchmesser. Die großen Bäume bildeten mit ihren Zweigen ein natürliches Dach nach oben. So wären sie auch gegen Regen geschützt, falls es wieder anfangen würde.

Hans nahm Sattel und Packtaschen von seinem Pferd und durchsuchte seine Packtaschen nach etwas brauchbarem. Da er ja keine Flucht geplant hatte, waren nur alltägliche Dinge darin, die da eben drin gewesen waren, als er zum Befehlszelt geritten war. Das letzte Brot, das Karl in der Tasche gehabt hatte, hatten sie am Vortag in der Kirchruine gegessen und unterwegs waren sie auf nichts Essbares gestoßen. Nur entvölkerte Ruinen und rauchend Trümmer. In die großen Städte wollten sie nicht, da sie dort sicher gefasst worden wären, von der einen oder anderen Seite.

Hans breitete alles aus. Ein kleines Säckchen aus Leder, mit Schießpulver darin, war dabei, aber keine Kugeln. Blieben ihm nur die zwei Kugeln in den geladenen Pistolen, die er selbst für die Schlacht vorbereitet hatte. Ihm schien das schon so lange her zu sein und doch waren es gerade mal drei Tage. „Hoffentlich ist das Pulver nicht nass geworden." dachte er, mit den Pistolen in der Hand. Kontrollieren konnte er es nicht, er musste Vertrauen haben.

„Sammle trockenes Holz und ich gehe auf die Jagd." sagte er zu Karl und steckte sich die zwei Pistolen in den Gürtel, so hatte er die Hände frei. Karl nickte, Hans nahm eines der kurzen Schwerter und verließ leise die Schlucht. Er folgte einem ausgetretenen Waldweg, der von Wildspuren übersät war. Wildschweine, Rehe und Hasen konnte er an den Spuren in der feuchten Erde erkennen. Auch die Spur eines Wolfes war dabei. Er dachte an Karl und zog eine der Pistolen. „Der wird schon vorsichtig sein." dachte Hans und ging nun aber auch vorsichtiger durch den Wald.

An einem Bach endete der Weg und hier war anscheinend die Tränke der Waldtiere. Der Mann versteckte sich in der Nähe des Baches im Unterholz und wartete, mit gezogener Pistole, auf sein Jagdglück. Er hoffte auf ein Reh oder einen Hasen, mit einem Wildschwein wollte er sich mit der schwachen Pistole nicht anlegen. Da war ihm das Risiko zu hoch. Von vorn hätte er keine Chance gehabt.

Hans spähte aus seinem Versteck und bemerkte, dass der Wind für ihn günstig stand. Ein leichter Luftzug wehte von der Tränke zu ihm herüber. Ein leises Knacken ließ ihn aufmerksamer nach vorn schauen. Er hörte leise Tritte auf dem Waldweg, den er selber gerade erst gegangen war. Etwas Schwarzes schob sich durch das Dickicht und schaute sich nach allen Seiten. Das junge Wildschwein hob den Rüssel und saugte schniefend von allen Seiten Luft ein, aber nichts Ungewöhnliches störte es.

Immer noch vorsichtig ging es zum Wasser und begann zu trinken. „Soll ich, oder soll ich nicht?" fragte sich Hans, in Gedanken, während er die zweite Pistole vorsichtig zog. Innerlich hatte er wohl schon einen Entschluss gefasst. Er legte an, die Entfernung war etwa zehn Meter, und mit einem Knall fuhr das Wildschwein herum. Der Schuss hatte es in der Drehung getroffen und nur verletzt. Wutentbrannt sauste es auf den Mann los. Hans ließ sich zur Seite fallen und das Schwein rannte mit einem Knacken durch das Holz, direkt neben ihm. Aus der Drehung und im Fallen drückte Hans die zweite Pistole in die Seite des Schweins und zog den Abzug durch.

Nichts passierte. Etwas hatte den Mechanismus blockiert. Oder hatte er vergessen das Schloss aufzuziehen. Mit zitternden Händen zog er das Schloss auf, während das Schwein schnaufend neben ihm im Unterholz fest steckte. Noch bevor es sich befreit hatte, konnte Hans den erlösenden Schuss abgeben. Das Wildschwein quickte und brach zusammen. Mit seinem Dolch, den er im Stiefel stecken hatte, erlöste er das Tier. Hans steckte die Pistolen zurück in den Gürtel zog das Schwein aus dem Dickicht und lud es sich auf die Schultern.

Seine Last war nicht allzu schwer. Das Schwein mochte so etwa 30 Pfund wiegen und der Weg war gut ausgetreten, so dass er gut vorankam. Als er wieder in der Schlucht war sah er, dass Karl schon viel Holz aufgestapelt hatte. Das Feuer würden sie so machen, dass es von der Straße aus nicht zu sehen sein würde. Hans lud eine der Pistolen und gab etwas Pulver in das Holz. Er zog das Schloss auf und schoss das Pulver in Brand. Wenig später brannte das feuchte Holz.

Sie nahmen das Schwein aus und bereiteten die Stücke auf Ästen für das Feuer vor. „Meine letzte Kugel steck da drin." sagte Hans auf das Schwein zeigend. „Nun haben wir nur noch die Dolche und Schwerter zur Verteidigung." setzte er dazu, während er die, nun nutzlosen, Pistolen in den Sattelholstern verstaute. Er brachte das Kurzschwerte mit, das er auf der Jagd nur in den Gürtel gesteckt hatte und machte es an seinem Gürtel richtig fest.

Während Karl das Schwein briet, machte sich Hans auf den Weg zu seinem Wachposten. Er hatte ein Gebüsch am Rande der Schlucht gefunden, von wo er die Straße einsehen konnte. Alles war ruhig, das gezogene Schwert in der Hand lauschte er in den Wald hinein.

7. Kapitel

Neue Ideen

Nach einiger Zeit kam Karl zu Hans und holte ihn ab. Das Schwein war fertig zubereitet. Karl hatte alles gebraten, was sie vom Schwein verwerten konnten und den Rest im Wald vergraben, um so keine Spuren zu hinterlassen. Neben dem Feuer lagen schon einige Stücke Fleisch zum Abkühlen im Grass. Gemeinsam aßen sie sich satt und saßen dann am Feuer. Da es Tag war würde niemand den Schein sehen, das Feuer rauchte kaum und nur der Geruch hätte sie verraten können.

„Noch mal auf meine Frage zurück kommend." begann Karl, so als ob die Frage nicht schon vor einem Tag, sondern gerade eben erst gestellt worden wäre „Wie weiter?" Hans schaute auf das Feuer und die Reste des Essens „Und wenn wir im Wald bleiben? Hier haben wir alles, was wir brauchen." begann Hans, aber sein Blick wanderte vom Feuer zu den Pistolengriffen, die aus dem Holster neben ihm ragten, und die ja nun, ohne Kugeln, für die Jagd vollkommen nutzlos waren.

Karl war seinem Blick gefolgt und setzte dazu „Am Waldrand könnte man sich dann den Rest von der Bevölkerung holen." „Bei den Bauern zu betteln wird keinen Sinn machen. Die meisten haben sowieso nichts mehr zu essen. Und Plündern oder Rauben? Machen wir denn dann nicht dasselbe, was wir die ganze Zeit schon gemacht haben?" entgegnete Hans nachdenklich. Er stützte den Kopf in die Hand und schaute in die Glut des Feuers vor seinen Füßen. „Und wenn wir die Reichen und Händler überfallen und damit die Dinge bezahlen, die wir brauchen?" setzte er nach einer Weile des Grübelns dazu.

„Raub ist Raub" sagte Karl, nun ebenfalls in das Feuer schauend. „Ich bin jetzt fast fünfzig Jahre alt und mit diesen Händen habe ich mal Altäre und Heiligenfiguren geschnitzt." sagte Karl und betrachtete seine großen Hände „Das kommt mir schon so unendlich lange vor. Ich bin Tischler und Schnitzer und will mit ehrlicher Arbeit mein Brot bezahlen und nicht mit Raub." schloss er den Gedanken ab. Er nahm einen Span und brannte sich eine Pfeife an. Traurig schaute er dem Rauch hinterher, der nach oben zu den Kronen der Bäume aufstieg. .

Hans legte ein paar Äste in das Feuer, es war schon etwas kühl geworden, immerhin war es schon Ende Oktober. Mit einem Knacken stiegen Funken aus dem Holz auf, als das Feuer die Äste erfasste. „Bald wird es Winter und dann alleine im Wald?" dachte Hans. Er schaute nach oben, es waren bestimmt noch vier Stunden bis es dunkel werden würde. „Wir brauchen ein Versteck für den Winter." sagte Karl und zeigte damit, dass er dieselben Gedanken, wie sein Freund hatte. „Irgendeine Hütte im Wald vielleicht?" fragte Hans. Karl nickte.

„Ich war achtzehn, als ich in den Krieg zog, nun bin ich zweiunddreißig. Ich kenne nur den Krieg. Als ich die Burg meines Vaters damals verlassen habe, war ich noch ein Junge. Ich habe noch nicht einmal einen Beruf, so wie du. Was soll ich machen solange die mich verfolgen?" sagte Hans mehr zu sich selbst. „Ich kann nur vom Schwert leben, etwas anderes habe ich doch nicht gelernt." führte er den Gedanken fort. „Wir können gar nicht aus dem Wald raus." stellte Karl resignierend fest und rückte näher an das wärmende Feuer heran.

Es begann wieder leicht zu regnen, aber die Baumkronen über ihnen hielten das meiste Wasser ab. Ein leichtes monotones Geräusch vom fallenden Nieselregen machte sich in der Schlucht breit. Die Pferde kamen näher zum Feuer, da sie dort, wo sie bisher gestanden hatten, dem Regen ausgesetzt waren. Zum Glück war die Schlucht so tief, dass niemand die Pferde hätte sehen können, aber Hans machte sich wieder auf den Weg zu seinem Wachposten, den er ja eigentlich nur zum Essen verlassen wollte, nun aber bestimmt schon zwei Stunden nicht bezogen hatte. Er suchte sich eine Stelle in dem Gebüsch, in dem er vor dem Regen geschützt war und trotzdem den Weg sehen konnte.

Das monotone Geräusch hatte eine leicht schläfrig machende Wirkung auf Hans und langsam fielen ihm die Augen zu. Immer wieder musste er sich zusammenreißen, um wach zu bleiben. Als gar nichts mehr half, kniff er sich in die Hand und der Schmerz brachte ihn wieder zurück in den Wald, zu seiner Aufgabe. Etwas später löste ihn Karl ab und so konnte er doch noch in der Schlucht eine kurze Zeit schlafen. Er rollte sich neben dem Feuer zusammen, nachdem er noch ein paar Äste nachgelegt hatte.

Seine Schlafenszeit kam ihm so kurz vor, er erwachte als ihm Karl die Hand auf die Schulter legte. Er zuckte zusammen und erkannte den Freund über sich. Nachdem er sich gestreckt hatte, setzte er sich zu Karl an das Feuer, dass dieser gerade neu angefacht hatte. Sie aßen etwas und wärmten sich noch einmal kurz auf. Der Regen hatte aufgehört und die Wolken waren aufgerissen. Ein großes Stück blauer Himmel schaute durch die Baumkronen über der Schlucht.

Der Regen hatte es noch viel kälter gemacht, als es Hans vor dem Schlafen gespürt hatte. Die Wärme des Feuers tat gut. Hier im Wald war es den ganzen Tag nicht richtig hell geworden, doch nun, als die Sonne immer tiefer stand, wurde es zunehmend finster. Der Himmel über den beiden Männern verfärbte sich langsam zu einem Dunkelblau. Je dunkler es wurde, umso mehr rückten die Bäume auf sie zu. Sie schienen sich zu bewegen, doch das waren nur der Feuerschein und die zuckenden Flammen des langsam niederbrennenden Feuers.

Es ging kein Lufthauch hier im Wald und auch Vögel waren keine zu hören. Es gab der ganzen Situation etwas Gespenstisches. Viel zu ruhig war es hier. So konnte sich zwar niemand ungehört an sie heran schleichen, doch auch die Beiden mussten jedes Geräusch vermeiden. Ab und zu schnaubte eines der beiden Pferde und die Männer schauten jedes Mal erschrocken auf.

Als die Dämmerung über sie herein brach löschten sie das Feuer und verstauten die Reste des Schweins als Proviant in den Satteltaschen. Vorsichtig führten sie die Pferde zuerst den Waldweg entlang, den Hans am Morgen auf der Jagd nach dem Schwein schon zweimal gegangen war, damit die Pferde an der Tränke trinken konnten. In der Ferne hörten sie den Wolf heulen. Die beiden Männer füllten die Trinkschläuche auf und verließen dann den Wald auf der Straße, als es ganz dunkel geworden war.

8. Kapitel

Die Mühle

Sie folgten dem Weg in der Nacht immer weiter Richtung Süden. Dort würden sie im Gebirge sicher einen Unterschlupf finden. Vielleicht in einer Höhle oder einem verlassenen Stolen. Hans hatte in seiner Kindheit einmal, zusammen mit seinem Vater, ein Bergwerk besucht, dass in der Nähe ihrer Burg lag. Viele der Stollen waren nun sicher leer, die Bergleute waren entweder im Krieg oder tot.

Gegen Morgen wurde die Gegend hügelig. Hätten sie am Tage reiten können, dann wären sie schon viel weiter gekommen, aber so? Die Pferde konnten nur langsam vorwärts und die beiden Reiter wollten lieber nicht riskieren, dass eines der Tiere stürzte. Dann würden sie noch langsamer vorankommen. Bei Tagesanbruch hatten sie eine Lichtung im Wald gefunden, die vom Weg aus nicht einsehbar war und auf der sie den Tag verbringen wollten. Hans fragte sich immer mehr, ob ihnen beiden da nicht jemand half. Es war schon komisch, immer wenn gerade die Zeit für ein Versteck gekommen war, so war auch eines gerade in diesem Moment ganz in der Nähe.

Auf der Lichtung stand ein Baum, der genau in der Mitte zerbrochen war. Ein Teil war zur Seite gestürzt, während der Stamm noch etwa mannshoch aufrecht stand. Hans schaute den Baum an und überlegte. Irgendwie kam ihm der Baum bekannt vor, aber er war noch nie in dieser Gegend gewesen und auf dieser Lichtung schon gar nicht. Plötzlich fiel es ihm ein. Der Baum sah genauso aus, wie das umgestürzte Kreuz in der Kirchruine, in der sie den ersten Tag ihrer Flucht verbracht hatten. Das war wie eine Antwort auf die Frage, die er kurz zuvor im Gedanken gestellt hatte. Noch die Zügel in der Hand faltete er die Hände und betete zu dem Baum, so als wenn er in einer Kirche

36

wäre. Ein stummes Gebet des Dankes für die Hilfe. Dann wendete er sich zu Karl um und nickte diesem dankbar zu, ohne das Karl verstehen konnte, was sein Freund damit meinte.

Als sie die Pferde losgemacht hatten hörten sie Hufschlag auf der Straße. Es klang ganz leise und langsam. Es waren sicher zwei Pferde, die im Schritt gingen. Für ihre Verfolger war das viel zu langsam. Hans schlich im Schutze einiger Gebüsche so weit nach vorn, dass er die Straße einsehen konnte. Ein Wagen, oder besser ein alter, klappriger Karren, von zwei müden Pferden gezogen, fuhr die Straße entlang. Ein alter Bauer, mit fast weißem Haar, saß auf dem Wagen und war sicher genauso müde, wie seine dürren Pferde vor ihm.

Hans konnte zwei oder drei Säcke auf dem Wagen erkennen und hatte die Vermutung, dass der Wagen wohl zu einer Mühle fahren würde. Leise folgte er dem Karren in einem großen Abstand, ohne ihn aus dem Blick zu verlieren. Nach einer Weile bog der Wagen von der Straße ab und folgte nun einem Waldweg. Von vorn konnte er ein Klappern hören und schlug einen Bogen durch den Wald. Er folgte dem Hang einer Schlucht nach oben und sah von dort oben auf einen Bach herab. Der Bach wurde von mehreren Teichen gespeist, die Hans auf der anderen Seite durch den Wald schimmern sah. Vermutlich waren sie künstlich angelegt, denn er sah Holzbalken dort liegen wo die Teiche in den Bach übergingen. Sie sahen aus der Ferne wie kleine Wehre aus und vermutlich waren sie das auch. Mit ihnen konnte der Müller die Kraft des Wassers für seine Mühle verändern.

Unter sich sah er den Wagen durch den Wald zotteln und vor sich, an den Hang gedrückt, ein dunkles Haus unter Bäumen stehend. Der Wagen stoppte und der Bauer stieg mühsam von seinem Sitz herab. Er zog sich am Wagen wieder nach oben, um seinen Rücken wieder aufzurichten. Die Tür des Hauses wurde geöffnet und ein kräftiger

Mann betrat den kleinen, baumfreien Vorplatz vor dem Gebäude, auf dem der alte Bauer seinen Wagen entlud. Drei Säcke stellte er ab und der andere Mann brachte sie in das Haus. Mit einem Handschlag verabschiedeten sich die Männer und der Bauer fuhr den Weg wieder zurück.

Hans bewegte sich weiter auf das Haus zu. An der Seite sah er ein sich drehendes Wasserrad. „Das könnte ein gutes Versteck für den Winter sein." dachte er sich, während er die kleine Lichtung beobachtete. Er sah noch eine Scheune sowie ein zweites Haus, vermutlich das Wohnhaus des Müllers, und der Weg lief auf der anderen Seite weiter. Direkt am Bach entlang ging der Weg, zwei kleine Brücken führten über ihn. Vom Rande dieses Hanges hatte man einen guten Blick entlang des Weges nach beiden Seiten.

Langsam zog sich Hans wieder zurück und folgte dem Weg, bis zu der Lichtung, auf der er Karl mit den Pferden zurückgelassen hatte. „Da ist eine Mühle mitten im Wald." erzählte er Karl. „Wenn die wirklich mitten im Wald liegt, dann wäre das wirklich ein gutes Versteck für uns." bestätigte Karl. Hans öffnete eine der Satteltaschen und holte einen kleinen Beutel heraus. Er öffnete ihn und ließ ein paar Münzen auf seine Hand fallen. „Bezahlen könnten wir ihn auch." setzte er hinzu, bevor er die Münzen wieder in den Beutel tat und diesen verschloss.

Sie ritten auf der Straße bis zu der Wegabzweigung, die zur Mühle führte. Karl prüfte den Sitz seines Schwertes bevor er abbog. „Sicher ist sicher." dachte er sich und dann folgte er seinem Freund mit ein paar Pferdelängen Abstand. Sie beobachteten den Waldrand, an dem Hans vorhin noch von der anderen Seite aus den Weg beobachtet hatte. „Ein wirklich guter Platz." dachte Karl und nickte unmerklich. Vorsichtig näherten sie sich der Mühle.

Wahrscheinlich hatte der Müller sie schon länger beobachtet, denn er trat mit einer Mistgabel bewaffnet vor seine Mühle, als die beiden Männer genau vor seiner Tür angekommen waren. Hans und Karl stiegen vom Pferd und gingen, die Pferde am Zügel führend zum Müller hinüber. Der Müller schaute auf die Schwerter an der Seite der Männer, er sah aber auch, dass sie die Zügel in der rechten Hand hatten. Hier im Wald und in dieser Zeit brauchte es eine gute Menschenkenntnis zum Überleben und so wusste er sofort, dass er den Beiden vertrauen konnte. Er stellte die Mistgabel hinter sich an eine Wand und ging auf die beiden Männer zu. Mit einem Handschlag begrüßten sich die Drei.

9. Kapitel

Die kleine Gruppe

ie beiden Männer waren nun schon wieder ein paar Wochen in der Mühle. Sie halfen dem Müller so gut es ging. Viel hatte der aber nicht zu tun. Jetzt im Krieg hatte kaum einer noch etwas zu mahlen. Es war zwar nun schon Anfang November, aber eigentlich hätten gerade zu dieser Zeit im Jahr noch mal viele Bauern Mehl mahlen lassen, bevor der Mühlbach zufror. Keiner der Bauer ließ sich aber sehen. Der Müller hatte auch noch ein paar Gästezimmer und früher, zu Friedenszeiten, hatte er auch noch einen Ausschank. Aber nun war seine Mühle einsam im Wald.

Oft gingen sie durch den Wald und prägten sich die Wege ein, die sie für eine Flucht brauchen konnten. Im Winter waren sie zwar relativ sicher, da auch die Heere im Winter in ihren Quartieren blieben, aber man konnte nie vorsichtig genug sein, in so einer Zeit der Gewalt und des Krieges. Es war immer besser das Feld zu kennen, auf dem man kämpfen würde, hatte Hans schon früh im Heer gelernt. Die hohen Bäume standen kahl in der Landschaft und auch die Hecken des Unterholzes waren nur noch blattloses Gestrüpp. Ein paar Pfade zogen sich durch den Wald, alle von Tieren ausgetreten und diese Pfade sollten die Männer auch kennen.

Wiederum ein paar Wochen später war es nicht viel besser geworden. Jetzt wo es so früh Dunkel wurde, traute sich erst recht niemand in den Wald. Der Müller hatte zwar genug Vorräte angelegt, und seine abgelegene Mühle war auch noch nicht überfallen worden, doch jetzt mussten doppelt so viele Leute über den Winter kommen. Die Münzen, die Hans für ihre Überwinterung gezahlt hatte, nahmen langsam ab. Thomas, der Müller, hatte damit regelmäßig auf dem

Markt eingekauft, solange er noch mit dem Karren aus dem Wald kam.

Hans und Karl saßen in der Schankstube und wurden von Margarete, der Tochter von Thomas, bedient. Es war nun Anfang Dezember und der einsetzende Schneefall lies den Mühlbach gefrieren. Der Winter war die Zeit, die Mühle und die dazu gehörenden Teiche wieder für das nächste Jahr vorzubereiten und instand zu setzen. Da Karl ja Tischler war, wusste er mit dem Holz umzugehen. Als sie fertig gegessen hatten verließen sie den Raum und gingen über den Platz zur Mühle hinüber.

Thomas hatte schon das Mühlrad trocken gelegt und Holz bereitgehalten. Das Mühlrad war so groß, dass Thomas nicht die Mitte des Rades berühren konnte, wenn er daneben stand, selbst mit ausgestreckten Armen fehlte immer noch ein Meter. Mit Säge und Beil bearbeiteten sie einen Stamm so lange, bis er die richtige Größe zum Ausbessern hatte. Mit einer kleinen Axt schlug Karl die letzten Kanten weg. Jeder Schlag saß, selbst nach so langer Zeit hatte er nichts von seinem Handwerk verlernt. Weithin durch den Wald hallten die Schläge der Axt.

Das Holzstück passte ohne Lücke in das Rad hinein und ersetzte das schadhafte Teil, das den Sommer über von der Kraft des Wassers beschädigt worden war. Karl hatte ein gutes Augenmaß und Thomas klopfte ihm anerkennend auf die Schulter. Nach dem Rad musste noch im Inneren der Mühle, am Mahlwerk, etwas repariert werden. Karl zog die Jacke aus. Obwohl es sehr kalt war, konnte er die Jacke nicht anlassen. Er dampfte regelrecht in der Kälte, so warm war ihm durch die Arbeit geworden. Als sie später die Mühle wieder verließen sahen sie eine Gruppe von Männern, zu Fuß den Weg am Bach entlang, auf sich zu kommen.

Vermutlich hatte das Geräusch der Axthiebe sie auf die Mühle aufmerksam gemacht. Hans holte die Schwerter aus dem Haus und übergab eines an Karl, der die Axt an Thomas übergab, der neben ihm stand. Zu dritt stellten sie sich der Gruppe von fünf Männern entgegen, die sich ihnen langsam und vorsichtig näherten. Noch konnte Karl nicht erkennen, wie die Gruppe bewaffnet war und ob sie friedlich bleiben würden. Sie stellten sich nebeneinander und warteten auf die Fünf, während sie den Wald beobachteten, um nicht von der Seite aus überrascht zu werden.

Als die beiden Gruppen nur noch zehn Schritte trennten, blieben die Männer stehen. Ein paar Augenblicke war vollkommene Stille, alle belauerten sich und schätzten die Stärken der jeweilig anderen ein. Hans sah, dass nur zwei der anderen mit Schwertern bewaffnet waren. Die drei anderen hatten nur Knüppel in den Händen. Ein besonders großer Söldner schien der Anführer der Gruppe zu sein, darum sprach ihn Hans an.

„Was wollt ihr und woher kommt ihr?" „Wir sind versprengte Söldner und brauchen etwas zu essen und eine Unterkunft." antwortete der Große mit einem südländischen Akzent. „Können wir euch denn vertrauen?" fragte Karl, mehr sich selbst, als die Anderen. Dabei rückte er demonstrativ sein Schwert nach vorn. Seine Hand umspannte den Griff und zog ihn ein Stück nach vorn. Die andere Gruppe fasste ihre Waffen ebenfalls fester an, nur Hans verschränkte die Arme vor der Brust und beobachtete jede Bewegung der anderen Gruppe.

Aus dem Augenwinkel sah Hans, wie einer seiner Gegenüber sein Schwert zog. Mit einem Ruck hatte er sein Schwert gezogen. Mit einer schnellen, katzenhaften Bewegung war Hans zu ihm gerannt und hatte ihm das Schwert aus der Hand geschlagen. Er setzte seinen

Fuß auf die Waffe und stieß dem anderen mit der Faust so kräftig vor die Brust, so dass er rückwärts in den Schnee fiel.

Nun hatten alle ihre Abwehrposition bezogen und standen sich mit gezogenen Waffen gegenüber. Nur der Mann im Schnee bewegte sich und versuchte aufzustehen. Die Anspannung war deutlich zu spüren und trotz der zahlenmäßigen Überlegenheit der neuen Gruppe, hatten die Drei eine gute Ausgangsposition. Die Erfahrung des Offiziers und des Unteroffiziers, die sie in so mancher Schlacht gesammelt hatten, brachten ihnen den Vorteil. Die anderen spürten dies deutlich. „Lasst es sein." rief Hans mit donnernder Stimme und alle steckten langsam ihre Waffen wieder weg.

Hier war mit Gewalt nichts zu holen, aber vielleicht konnte man sich ja irgendwie einigen. „Ich gebe euch allen ein Bier aus." rief Thomas. Hans half dem Mann aus dem Schnee und zusammen gingen sie in den Schankraum hinein, wo Margarethe die Krüge mit dem Bier brachte. Gemeinsam stießen sie an, die Waffen lagen da schon lange in der Ecke des Raumes.

10. Kapitel

Aus allen Ländern

Es war mitten im Winter und die acht Männer hatten sich zu einer Gruppe zusammengeschlossen. So lange, wie noch Winter war, würden sie sicher hier zusammen in der Mühle bleiben. Es war kalt geworden und der Schnee lag hüfthoch im Wald. Hans hatte sich Pfeil und Bogen gebaut und vor der Mühle geübt. Nun wollte er mit Karl auf die Jagd gehen, da die Vorräte langsam zur Neige gingen.

Mit dem Bogen und fünf Pfeilen in der Hand zogen die Beiden nach Sonnenaufgang los. Sie folgten einer Schneise in den Wald, wo der Schnee nicht so tief lag. Sie kamen trotzdem nur langsam vorwärts. Hans ging vor und Karl trat in seine Spuren, nach ein paar hundert Schritten wechselten sie und Karl ging vor. Zum Glück hatten sie diese Wege im Herbst noch ausgiebig erkundet. Nun im Winter war das ein großer Vorteil für die beiden Jäger. Sie durften sich nur nicht beim Wildern von den Männern des Lehnsherren erwischen lassen, doch bei diesem hohen Schnee waren sie da hier im Wald relativ sicher.

Von Zeit zu Zeit sahen sie einzelne Rehspuren, die ihren Weg kreuzten. Doch in den tiefen Schnee wollten sie nicht gehen. Vor sich sah Hans eine kleine Lichtung und ging vorsichtig, im Schutze einiger alter Gebüsche, an den Waldrand vor. Gemeinsam schauten die Männer auf die Lichtung hinaus. Dieser freie Platz im Wald war leer, aber die Spuren ringsum ließen auf Rehe in der Nähe schließen.

Abwarten war alles, was sie machen konnten. Hans schaute auf die Pfeile und dachte an das Schwein, dass er auch erst mit dem zweiten Schuss hatte treffen können. Er steckte die Pfeile vor sich in den Schnee. Hans schaute zu Karl, der die Lichtung beobachtete. „Wir sind jetzt acht, mit Thomas sogar neun Männer, und ein jeder von uns kommt aus einem anderen Land. Ich bin aus Böhmen, Karl aus Thüringen, der Große kommt aus Italien, einer aus Bayern und nur Thomas ist wirklich hier in Sachsen zu Hause. Es ist wie damals beim Heer, da kamen sie auch aus allen möglichen Ländern um hier zu kämpfen und zu sterben." dachte Hans.

Eine Bewegung, die er aus dem Augenwinkel sah, beendete seinen Gedanken und zog seine Aufmerksamkeit zum Rande der Lichtung. Keine dreißig Meter vor ihm trat ein Rehbock vorsichtig aus dem Wald heraus. Aufmerksam schaute er in die Runde und hob seine Nase. Der Wind stand günstig für die beiden Männer und ungünstig für das Tier. Langsam bewegte es sich zur Mitte der Lichtung und begann mit den Hufen den Schnee zur Seite zu schieben, um an das darunter liegende Gras zu gelangen. Er begann die vergilbten Gräser zu fressen.

Hans nahm leise einen der Pfeile, er dachte an das allererste Mal, dass er mit Pfeil und Bogen geschossen hatte. Damals, auf der Burg seines Vaters, hatte er aus der Rüstkammer einen Bogen geholt und auf eine der Rüstungen geschossen. Das Scheppern der Rüstung, als sie zu Boden fiel, hatte damals den Vater aufmerksam gemacht. Ein Schmunzeln zog über sein Gesicht als er daran dachte. Das war schon mehr wie zwanzig Jahre her. Er sah nach vorn und fixierte sein Ziel.

Unmittelbar hinter dem Vorderbein, etwa in der Mitte des Körpers war sein Ziel. Er prägte sich den Punkt ein und stellte sich vor, wie sein Pfeil genau dort traf, während er den Bogen spannte. Mit einem surrenden Geräusch schnellte die Sehne nach vor und schob den Pfeil in Richtung des Tieres. Der Rehbock hob den Kopf und fiel getroffen zusammen. Schnell rannten die beiden Männer, trotz Schnee, zu dem verwundeten Tier, damit es ihnen nicht entkam.

Die Eile war aber vollkommen unbegründet. Der Pfeil hatte das Herz getroffen und der Rehbock war vermutlich schon Tod gewesen, noch bevor er den Boden berührt hatte. Die beiden Männer banden ihn auf einen Ast und machten sich auf den beschwerlichen Heimweg. Nun konnten sie nicht mehr Spur in Spur gehen und der Weg wurde damit, mit ihrer schweren Last, fast doppelt so lang wie der Hinweg.

Noch vor dem Einsetzen der Dämmerung waren sie zurück in der Mühle, sie übergaben Thomas das Reh und setzten sich zum Aufwärmen an das Feuer in der Schankstube. Margarethe brachten den beiden Männern je einen Krug Bier und blieb ein paar Minuten mit vor dem Feuer sitzen. Sie war etwa zehn Jahre jünger wie Hans und lebte, seit ihre Mutter vor ein paar Jahren gestorben war, alleine mit ihrem Vater auf dieser Mühle tief im Wald. Das dunkelblonde lange Haar hatte sie zu einem Zopf geflochten, mit dem sie spielte, ohne es zu merken, während sie sich mit Hans unterhielt.

Als die anderen Männer in die Schankstube kamen ging sie in den hinteren Raum Getränke holen und Karl sagte, während er ihr nach sah, „Ich glaube, sie hat ein Auge auf dich geworfen, mein Freund." und schlug Hans lachend auf die Schulter. Obwohl der schon so manche Schlacht geschlagen hatte errötete er und wendete sich zur Küche zu, so dass sein Freund die auffällige Gesichtsfarbe nicht bemerken konnte. Er hatte sich die ganze Zeit zu ihr hingezogen gefühlt und ahnte nun, dass sie seine Gefühle erwiderte.

Thomas kam mit den ersten Rehteilen herein und verkündete „Dank Hans haben wir nun wieder für zwei Wochen zu essen. Ich gebe eine Runde Bier aus." Die beiden Jäger erhoben sich vom Feuer und wurden mit Gejohle von der Gruppe am Tisch empfangen. Jeder Schlug Hans auf die Schulter und es blieb nicht bei einer Runde Bier an diesem Abend mitten im Wald.

Am nächsten Morgen ging Hans schon sehr früh in die Küche, um Margarethe etwas zu helfen. Er war diese Arbeit nicht gewöhnt und die Frau nahm ihm lieber alles aus der Hand, nachdem Hans eine der Schüsseln hatte fallen lassen. Das Splittern der Schüssel hatte Karl in die Küche schauen lassen, doch er zog sich sofort ohne ein Wort zurück, als er den Freund als Ursache des Geräusches erkannte. „Du sollst keine Frauenarbeit machen." sagte Margarethe und schob Hans zu einem Stuhl. So von ihm beobachtet zu werden war ihr ganz angenehm. So konnte sie ihm zeigen, dass sie eine gute Hausfrau war. Als die anderen in den Schankraum kamen verließ Hans schnell die Küche und setzte sich zu den Männern. Nur keine Schwäche zeigen!

11. Kapitel

Mit anderen Mitteln

Der Frühling war in das Land gekommen und der Mühlbach war wieder frei. Jetzt hätte der Müller eigentlich seine Mühle wieder in Betrieb nehmen können, aber er setzte sich auf die Schwelle seines Hauses und wartete. Der laue Wind des Frühjahrs wehte durch den Wald und die ersten Blätter gaben den Bäumen ihr grünes Kleid zurück. Der Mühlbach plätscherte leise vor sich hin. Wenn nichts zu mahlen war, so ließ der Müller die Wehre der Teiche zu.

Gegen Mittag setzte sich Hans zum Müller auf die Treppe und Thomas begann zu erzählen „Seit Krieg ist, wird es jedes Jahr schlimmer. Die paar Bauern, die es noch gibt, haben kaum noch Korn zum Mahlen. Viele trauen sich vor lauter Angst, vor den marodierenden Söldnern, nicht mehr aus dem Haus und Reisende habe ich auch nicht mehr zu bewirten."

Was sollte Hans dazu sagen? Er war ja ein Teil des Problems, zumindest gewesen. Er dachte eine Weile nach. Dann sagte er „Hast du mir nicht gesagt, dass die Straße von Leipzig nach Dresden hier an dem Wald vorbei führt? Da sind doch bestimmt viele Händler unterwegs. Oder?" Thomas nickte und schaute den anderen neugierig an. „Dann müssen wir ein paar von den reichen Händlern und Meldern des Heeres überfallen und das erbeutete Geld, sowie die Waren mit den Bauern teilen. Dann haben sie wieder etwas zu mahlen, wir haben etwas zu essen und du hast Arbeit in deiner Mühle." schloss Hans seine Idee ab und schaute in das fragende Gesicht des Müllers.

48

„Ist das nicht zu gefährlich?" fragte Thomas. „Nur wenn sie uns fangen." antwortete Hans „Oder wir uns fangen lassen." setzte er entschlossen dazu und stand auf. Er ging zu den anderen hinüber, die vor der Mühle aus Langerweile angefangen hatten Holz zu hacken. Er erklärte den anderen seinen Plan und alle waren von der Idee begeistert. Endlich passierte mal wieder was und sie hatten wieder eine Aufgabe. Kurze Zeit später begannen sie mit dem Schwert zu üben. Über den Winter waren sie ganz schön lahm geworden.

Hans ging in die kleine, verfallene Kapelle, die mitten im Wald lag und in die er schon den ganzen Winter jeden Sonntag gegangen war. In eine richtige Kirche konnten sie nicht gehen, sie wären sofort als Fremde aufgefallen und sicher gefangen genommen worden. Er betrat den dunklen Raum des Kirchenschiffes. Der Raum war etwa zehn Schrutte lang und durch das löchrige Dach fiel nur etwas Licht herein. Hans zündete eines der Talglichter an, die er hier zurück gelassen hatte. Er setzte sich vor den Altar und überlegte. War es rechtens was er plante? Seine Freunde waren begeistert, aber was sagte Gott wohl dazu? Er faltete die Hände und nahm das zerbeulte Kreuz zwischen seine Finger.

Er bat um ein Zeichen, erhielt aber keine Antwort auf seine Frage und nahm dies als Zustimmung. Hans löschte das Licht und ging zurück zur Mühle. Schon von Ferne hörte er die Männer mit Stöcken und Schwertern kämpfen. Er stellte sich hin und beobachtete ein paar Minuten, dann begann auch er mit zu üben.

Am Abend des Tages sah das Üben und Kämpfen schon viel besser aus. Die Erfahrung der Kämpfer kam wieder zurück. Am nächsten Morgen wollten Hans und Karl mit den Pferden die Umgebung erkunden und gute Plätze für einen Hinterhalt suchen. Im Winter hatten sie ein paar Mal darüber nachgedacht, die Pferde zu schlachten, weil sie kaum Futter gehabt hatten. Jetzt waren sie froh, dass sie die Pferde noch hatten.

Im Morgengrauen hatte Karl die beiden Pferde gesattelt und vor die Mühle geführt. Hans hatte sich schon ein paar Gedanken gemacht, wo die beste Stelle war. Er hatte im Winter bei der Jagd die Gegend schon ein bisschen erkundet. Nun musste er nur noch schauen, wie die Gegend jetzt mit Blättern an den Büschen und Bäumen aussah. Zusammen ritten sie los, die anderen standen vor der Mühle und begannen wieder mit ihren Übungen.

Der Weg bis zur Straße war mit dem Pferd gar nicht so weit und die Tiere waren froh, mal wieder etwas Auslauf zu haben. Die Waffen hatten sie in der Mühle gelassen und so würden die Beiden für jeden, der ihnen entgegenkommen würde, wie Händler auf dem Weg zu einem Markt aussehen. Auf der Straße ritten sie langsam und ein jeder schaute auf eine Seite des Weges, Hans nach links und Karl nach rechts, ob sie dort gute Versteckmöglichkeiten haben würden.

Nach einer Weile hatte Karl den perfekten Platz für einen Hinterhalt gefunden. Die Bäume standen ganz dicht an der Straße und die Äste berührten sich über ihnen, so dass sie den Kopf einziehen mussten, um drunter durch zu reiten. Hinter der Engstelle stiegen sie ab und während Karl die Pferde hielt und aufpasste, dass sie niemand überraschte, erkundete sein Freund die Umgebung. Nach ein paar Minuten hatte er eine kleine kreisrunde Schlucht gefunden und führte mit Karl die Pferde dort hin. Dann schaute er, ob die Pferde von der Straße aus zu sehen waren.

Obwohl die Reittiere keine zwanzig Meter von der Straße entfernt waren, konnte er sie nicht sehen. Hans klopfte seinem Freund auf die Schulter und sagte „Das ist ein perfekter Platz. Vorn kann einer den

Weg beobachten und die anderen verstecken sich hier drin." sie führten die Pferde auf die Straße und ritten langsam zur Mühle zurück.
Auf dem halben Weg kamen ihnen zwei Meldereiter entgegen. Nach
den Schärpen zu urteilen gehörten sie zum kaiserlichen Heer. Karl
grüßte freundlich und auch Hans zog seinen Hut. Die Melder grüßten
höflich zurück.

Noch vor dem Mittag waren sie wieder in ihrem Heim und erklärten allen die Stelle. Ab diesem Moment musste aber auch die Mühle
gesichert werden. Eine Wache wurde eingeteilt, die oben vom Berg-
hang aus die Mühle und den Weg davor zu überwachen hatte. An
einen langen Strick war über der Tür der Mühle eine Kuhglocke angebunden. Wenn ein Bauer mit Korn kommen würde, dann sollte
einmal gezogen werden und bei Gefahr dreimal. Es wurde gleich mal
ausprobiert und klappte hervorragend. Hans ging als erster auf den
Posten und nach ihm würde jetzt rund um die Uhr hier einer der
Männer Wache halten.

12. Kapitel

Überfallen

Es hatte etwa zwei Wochen gedauert, bis Hans mit den Übungen seiner Leute soweit zufrieden war, dass er für den nächsten Morgen ihren ersten Versuch festsetzte. Am Abend gab er eine Runde Bier aus und versuchte die Zweifel der anderen zu zerstreuen. Er ließ sich nicht anmerken, dass er selbst Zweifel am Erfolg ihres Unternehmens hatte. Sie waren nur eine Handvoll Männer, schlecht bewaffnet und ohne Munition. Sie mussten diesen Mangel mit Entschlossenheit wieder ausgleichen und gerade diese Entschlossenheit wollte er nicht durch seine Zweifel zerstören.

Mit der Morgendämmerung machten sie sich zu Fuß auf den Weg zu der kleinen Schlucht. Sie gingen quer durch den Wald, nur Thomas und die Wache waren bei der Mühle geblieben. Nach etwa einer Stunde hatten sie den Platz erreicht und Hans teilte einem jeden seine Position zu. Er steckte sich die beiden Pistolen in den Gürtel. Sie waren zwar nicht geladen, aber das wusste der Überfallene ja nicht. Die Pferde hatten sie in der Mühle gelassen.

Luigi, der große Italiener, bezog Posten an der Straße und sollte wie ein Käuzchen rufen, wenn gute Beute zu sehen sein würde. Die anderen sechs Männer setzten sich in die Schlucht und warteten auf das vereinbarte Signal. Nichts passierte, alles blieb ruhig. Die kleine Gruppe saß mitten im Wald und der Wind fuhr durch die Zweige der Bäume ringsum. Das Geräusch der Blätter hatte eine einschläfernde Wirkung auf die Männer.

Langsam fielen ihnen die Augen zu und es ging schon auf Mittag. Die Sonne fiel von oben durch die Bäume. Als dann endlich ein Reisender auf der Straße entlang kam und Luigi das vereinbarte Signal gab, waren alle eingeschlafen. Hans riss sie alle aus dem Schlummer und sie stürzten zum Weg. Aber als sie dort angekommen waren, sahen sie nur noch der Rücken des Händlers, der schon lange vorbei war.

„So geht das nicht." sagte Hans und schüttelte wütend den Kopf. Sie sahen sich um, ob sie direkt am Weg ein paar Verstecke finden konnten. Sie stiegen in die Bäume rechts und links des Weges. So getarnt saßen sie direkt über dem Weg in den Baumkronen. Nach etwa einer Stunde hörten sie die Hufe von Pferden auf dem Weg. Nicht lange später konnten sie zwei Melder sehen, die langsam den Weg entlang ritten.

Als die beiden Männer unter den Bäumen waren, ließen sich die versteckten Männer herabfallenden und rissen die Beiden von den Pferden. Noch bevor die Melder auch nur einen Gedanken an Gegenwehr fassen konnten, schauten sie schon in die Läufe der zwei Pistolen in den Händen von Hans. Schnell waren sie gefesselt und in die Schlucht gebracht, zusammen mit den beiden Pferden. Hans durchsuchte die Taschen der beiden Männer, während Luigi ihnen die Augen verband.

Sie brachten die beiden Melder weit weg, den Weg entlang und ließen sie dann zu Fuß frei. Mit den Pferden und ihrer Beute trafen sie am Abend wieder in der Mühle ein. Hans breitete die Beute auf dem Tisch der Schänke aus. Es waren vier Pistolen, Pulver, Kugeln, Schwerter und auch ein paar Beutel mit Münzen dabei. Hans freute sich besonders über die Kugeln. Nun waren seine Pistolen nicht mehr nutzlos.

Er steckte die Kugeln in seine Tasche und öffnete die Beutel mit den Münzen. Einen nach dem anderen schüttete er auf dem Tisch aus. Es waren nur kleine Münzen darin, aber davon eine beachtliche Menge. Die Summe würde reichen, dass sie einen Monat gut zu essen haben würden. Hans schichtete immer zehn gleiche auf einen Stapel und zählte noch einmal alle durch. Für so einen Tag war es eine gute Beute gewesen.

Als alle Münzen wieder in den Beutel waren, begann Hans zu überlegen. War es ein Zufall, dass sie den Händler verpasst hatten und dafür bei den Söldnern so reiche Beute gemacht hatten? Vielleicht war das ihr Weg, den Gott ihnen zeigen wollte. Sie sollten das von den Heeren geraubte Geld zurückholen und verteilen, wenn etwas übrig blieb. Die Händler und zivilen Reisenden sollten sie aber unbehelligt ziehen lassen.

Hans prüfte noch die vier erbeuteten Pistolen und gab dann jeweils zwei an Luigi und Karl. Danach verkündete er seinen Plan, nur noch Söldner zu berauben. Die Gruppe nahm es mit gemischten Gefühlen auf. Die Söldner waren gut bewaffnet und wussten sich zu wehren. Somit war es gefährlicher sie zu überfallen, statt der meist unbewaffneten Händler. Doch Hans zerstreute alle Zweifel, indem er auf die Beutel mit den Münzen und den einfach abgelaufenen Überfall verwies.

Die Papiere, die die Melder dabei hatten wollte sich Hans am Abend noch durchlesen. Vielleicht waren wichtige Informationen dabei, und da außer ihm nur Karl und Luigi etwas lesen konnten, hatten die anderen nichts dagegen. Hans gab die Münzen an Thomas weiter, der sie verwahrte und für den Einkauf ihres Essens auf den Markt in der Stadt verwenden würde, dann zog es sich mit der Tasche zurück und setzte sich an das Feuer im Schankraum.

Hans öffnete die Schnallen der ledernen Meldertasche und nahm die Papiere heraus. Er laß einen Bericht nach dem anderen. Alles was er noch einmal lesen wollte, legte er auf den Tisch, der Rest wanderte sofort ins Feuer. Nach der Hälfte der Dokumente blieb sein Blick auf seinem Namen hängen. Es war der Suchbefehl nach ihm. Eine Art von Steckbrief. Selbst nach der ganzen Zeit suchten sie immer noch nach ihm. Er ließ das Blatt sinken und schaute sich um. Karl saß direkt hinter ihm am Tisch und er reichte dem Freund wortlos das Blatt hinüber.

Karl laß das Blatt nun ebenfalls durch und sagte dann „Solange Wallenstein lebt, wird er dich suchen und finden wollen. Er hat sogar eine Belohnung ausgesetzt." Hans nickte ohne ein Wort, nahm das Blatt zurück und hielt es in das Feuer hinein, bis es vollständig verbrannt war. „Sonst war nichts Brauchbares dabei. Nur Berichte und ein paar Rechnungen." sagte Hans, während er den ganzen Stapel in das Feuer warf.

Gemeinsam setzten sie sich an den Tisch und stießen mit ein paar Krügen Bier auf ihren ersten Überfall an. Es wurde eine lange Nacht und es blieb nicht bei ein paar Krügen des starken Biers. Margarethe hatte viel zu tun die Feiernden zu bewirten.

13. Kapitel

Ein Treueschwur

Am nächsten Morgen hatte sich Hans auf die Bank vor der Mühle gesetzt. Mit Karl hatte er einen Tisch nach draußen gebracht und im ersten Licht des Tages hatte er sich nun seine Pistolen geholt. Mit dem Gedanken an den Fehlschuss bei dem Schwein, war er am Abend eingeschlafen. Nun, da er wieder Kugeln hatte, wollte er die Pistolen auch wieder verwenden. Er musste aber sicher sein, dass die Pistole auch funktioniert, wenn er sie brauchen würde.

Auf einem Tuch, das ihm Margarethe gegeben hatte, hatte er die Pistolen abgelegt. Er nahm die erste zur Hand und zerlegte das Schloss der Waffe komplett in alle Teile. Sorgfältig reinigte er das Schloss und setzte alle Teile wieder zusammen. Er musste schmunzeln bei dem Gedanken, wie er immer in der Burg seines Vaters die Pistolen zerlegt hatte. Der Vater hatte vollkommen verzweifelt auf all die Schrauben, Bolzen und Federn geschaut, doch Hans hatte immer alle Teile wieder zusammen bekommen und alles funktionierte auch immer.

Auch jetzt zog er die letzte Schraube fest, bevor er das Schloss spannte und auslöste. Der Mechanismus lief wie ein Uhrwerk und der Hahn erzeugte die gewünschten Funken. Hans hatte gar nicht gemerkt, wie die anderen um ihn herum standen und staunend zusahen, wie er auch die zweite Pistole zuerst auseinander nahm und danach wieder zusammensetzte. Sie alle konnten zwar eine Pistole bedienen, doch wie sie wirklich funktionierten, dass wussten sie nicht. Zum Schluss lud Hans die beiden Pistolen sorgfältig und verstaute sie in den Holstern.

Der Mann nahm eines der Schwerter, die sie am Vortage den beiden Meldern abgenommen hatten. Es war ein Reiterschwert, so wie das, welches durch die Kugel, damals in der Schlacht in seiner Hand, zersplittert worden war. Er zog es aus der Scheide und prüfte die Klinge. Es war hervorragend geschärft und vermutlich noch nicht oft benutzt worden. Der Stahl war makellos und glatt. Es war nicht das Schwert eines Kämpfers, sondern das Schwert eines Mannes, der noch nie hatte kämpfen müssen.

Beim Anblick der Klinge kam Hans der Gedanke, die Männer auf dieses Schwert einzuschwören, so wie sie früher auf die Fahne des kaiserlichen Heeres die Treue geschworen hatten. Da gerade alle um ihn herum standen, hielt er das Schwert nach vorn und ein jeder legte seine Hand auf die Klinge. Hans begann „Ich schwöre auf diese Klinge meinen Kameraden die Treue zu halten. Sie zu beschützen und zu verteidigen. Wenn ich sie jemals verrate, so wird mich dieses Schwert töten. Das schwöre ich." alle wiederholten den Schwur, einer nach dem anderen. Jeder der geschworen hatte nahm die Hand vom Schwert und legte sie auf sein Herz.

Nachdem auch Karl als letzter geschworen hatte hob Hans das Schwert zum Himmel und rief „So wahr mir Gott helfe." und alle stimmten ein. Hans steckte das Schwert wieder zurück und machte es sich am Gürtel fest. Mit Schwert und Pistolen, die er im Holster trug, ging er zu seinem Pferd. Die anderen holten nun ebenfalls ihre Waffen und gingen Hans hinterher. Vier Leute konnten nun reiten, einer musste im Lager als Wache zurück bleiben und die anderen zwei gingen zu Fuß durch den Wald zu der Stelle, an der sie schon am Tag zuvor gewartet hatten.

Der ganzen Tag saßen sie auf ihren Posten in den Bäumen, doch es ließen sich nur ein paar Bauern blicken, die auf den nächsten

Markt zogen, um Hühner zu verkaufen, die sie in Käfigen auf dem Rücken trugen. Sie waren so in ihr Gespräch vertieft, dass sie die versteckten Männer über sich im Baum nicht bemerkten. Hans ließ sie einfach ziehen. Er hatte sich ja auch vorgenommen, nur Soldaten zu überfallen.

Am Abend kamen sie dann ohne Beute zurück in die Mühle und trafen Thomas vor seinem Wasserrad stehend an. Er begann zu erzählen, ohne dass ihn jemand gefragt hätte und ohne dass er selbst wusste, warum er es erzählte, „Viele Menschen haben Angst vor mir hier. Ich lebe tief im Wald, arbeite oft auch in der Nacht und die Geräusche der Mühle sind vielen unheimlich. Niemals würde einer der Bauer nachts in den Wald gehen, geschweige denn arbeiten. Und dann bin ich auch noch oft weiß vom Mehlstaub, der sich überall absetzt. Ich muss schon am Tag vielen wie ein Gespenst vorkommen. Wie mögen die das erst bei Nacht sehen." dann setzte er sich im Licht der untergehenden Sonne auf die Bank am Mühlbach.

Hans dachte nach, „Warum hat er mir das erzählt? Das hat doch bestimmt einen Grund. Kann man aus dem Aberglauben der Menschen nicht irgendeinen Nutzen ziehen? Vielleicht, wenn wir uns am Tag mit Mehl bestäuben oder abends mit Tüchern behängen?" Er ging zu Margarethe in die Mühle und erbat sich zwei lange weiße Tücher. Er wollte an diesem Abend einfach mal die Wirkung ausprobieren. Zusammen mit Karl stiegen die beiden auf die Pferde, warfen sich die Tücher um und machten sie fest. Jeder der beiden nahm einen vollen Beutel Münzen von Thomas entgegen und schon ritten sie los.

Im nächsten Dorf angekommen, ritten sie zwischen die Häuser und warfen Münzen vor die auseinander laufenden Bauern. Nachdem die Beutel leer waren ritten sie in die Dunkelheit zurück. Die Verkleidung hatte sehr gut funktioniert und ab diesem Abend sollten immer zwei von ihnen ein Dorf in der Nähe besuchen und die Beute des Tages verteilen. Keiner der Bauern konnte so sagen, woher die Münzen kamen und das war sowohl für Hans und seine Truppe, als auch für die beschenkten Bauern gut. Wer nichts weiß, der kann auch nichts verraten.

Bis spät in die Nacht wurde dieser erste Ausflug in der Schänke gefeiert. So konnte Hans einen kleinen Teil der Schuld wieder abarbeiten, die er bei seinem Dienst im Heer angesammelt hatte. Für ihn und die anderen war es ein kleiner Teil der Buße, für ihre früheren Handlungen und Taten. Alle fühlten sich gut bei diesem Gedanken. Im Verlaufe des Abends kam Hans der Gedanke die kleine Kapelle wieder aufzubauen und dort jeden Sonntag einen kleinen Gottesdienst für die Gemeinschaft abzuhalten. Luigi war einmal, in früheren Zeiten, bei einem Pfarrer als Gehilfe tätig gewesen und bot sich an den Gottesdienst zu leiten. Thomas gab ihm seine Bibel und alle stießen mit ihrem neuen Pfarrer an.

14. Kapitel

Unfreiwillige Hilfe

Sie hatten in den letzten Wochen immer wieder Glück gehabt. Fast jeden Tag hatten sie Beute gemacht. Die Händler, die vorbei gekommen waren, hatten sie verschont und die Münzen, die sie den Söldnern abgenommen hatten, bei Thomas in der Mühle gelassen. Jetzt war ein jeder in der Gruppe mit Pferd und Pistolen ausgerüstet und sie hatten schon ein paar Pferde verkaufen können. Immer wenn wieder mal Münzen zu verteilen waren, ritten sie nachts durch die Dörfer, so wie Geister.

An diesem Tag hatten sie wieder ihren Posten bei der Schlucht bezogen, als sich eine Kutsche näherte. Zuerst hatte Hans an einen Händler gedacht, doch dann hatte er das kaiserliche Wappen an der Seite erkannt. Auf sein Zeichen hin ließen sie sich von den Bäumen fallen. Was er aber nicht gesehen hatte war, dass die Begleitung ein paar hundert Meter hinter der Kutsche her geritten war. Die fünf Reiter stürmten nach vorn, als die kleine Gruppe die Männer aus der Kutsche gerade fesselten.

Nun stand es fünf zu fünf und die Truppe von Hans war zu Fuß. Es entbrannte ein kurzer schwerer Kampf. Mit Pistolen und Schwertern setzten sie sich zur Wehr und mit dem Mut der Verzweiflung gewann Hans die Oberhand. Ein paar der Angreifer waren durch Schüsse verletzt worden, als sie sie endlich gefesselt hatten, doch auch Karl hatte einen Schuss in den Arm erhalten.

Während Luigi die gefesselten Gefangenen zu Fuß den Weg weiter führte, sammelte Hans die Beute ein, verlud alles in die Kutsche, verband Karl den Arm und setzte ihn in die Kutsche hinein. Hans ließ einen der Männer mit zwei Pferden zurück und fuhr dann mit der Beute zurück zur Mühle. Zusammen mit Margarethe versorgte er in dem Haus den Arm des Freundes. Am Abend kam auch Luigi zurück.

Noch vor Einbruch der Nacht brachten sie ihre Beute in die Schänke und Luigi ließ dann die Kutsche in einem Bach verschwinden. In der Kutsche war eine größere Kiste mit Metallbeschlägen. Sie brauchten ein paar Stunden, bevor sie diese geöffnet hatten. Im inneren waren Beutel mit Gold- und Silbermünzen. Die Anzahl und der Wert waren unermesslich. Alle staunten über den Schatz, der sich vor ihnen auf dem Tisch zeigte.

Am nächsten Morgen schaute Hans nach seinem verletzten Freund. Als er das Zimmer betrat, sah er den kalten Schweiß auf der Stirn des Mannes. Die Verletzung von Karl war aber offenbar schwerer gewesen als gedacht. Die Wunde entzündete sich und der Mann hatte Fieber bekommen. Wie sollten sie ihm helfen? Hans fragte Margarethe und ihr fiel eine alte Kräuterfrau ein. „Sie wohnt in einem kleinen Haus, nicht weit von hier und sie hat mich damals auf die Welt gebracht. Immer wenn wir ein Problem haben gehen wir zu ihr. Sie weiß immer Rat." sagte die Frau und die Beiden brachen sofort zu ihr auf.

Sie gingen zu Fuß, denn es war keine weite Strecke, wie Margarethe gesagt hatte. Die Beiden gingen den Waldweg entlang und folgten dem Mühlbach. Nach den Teichen bogen sie auf die Straße ab, die sie nach einer Weile wieder an einem kleinen Feldweg verließen. An einer Buschgruppe verließen sie auch den Feldweg und gingen über ein kleines Feld, auf den das Getreide schon hoch stand. Hans dachte sich, dass bestimmt bald Erntezeit sein würde, und dann würden sicher die Heere über das Land ziehen, um ihre Ernährung zu sichern. Am anderen Rand des Feldes konnte Hans eine kleine, halbverfallene

Hütte sehen, die sich an den Rand eines kleinen Wäldchens schmiegte. Margarethe zeigte auf diese Hütte und sagte „Da wohnt Karola. Ich werde mit ihr reden und du versteckst dich besser, damit sie nicht erschrickt."

Hans suchte sich ein kleines Gebüsch in der Nähe der Hütte, von dem aus er alles sehen und hören konnte. Er hörte wie Margarethe nach Karola rief und sah wie die Tür aufging, nachdem Margarethe dort geklopft hatte, und eine alte Frau mit grauen Haaren und einem langen schwarzen Kleid vor die Hütte trat. Die beiden Frauen begrüßten sich herzlich, umarmten sich und dann hörte er wie Margarethe anfing zu erzählen „Mein Vater hat sich in der Mühle den Arm verletzt. Ich glaube die Wunde hat sich entzündet und er hat Fieber bekommen. Kannst du bitte mitkommen und ihm helfen?"

Bis auf die Tatsache, dass es Karl und nicht Thomas betraf, war die Geschichte nicht mal gelogen. Karola holte einen großen Beutel aus der Hütte, den sie in einen Korb tat, den sie sich auf den Rücken band und die beiden Frauen brachen auf. Hans ging in einigen Abstand hinterher. Plötzlich kam ihm der Gedanke, dass Karola sie ja verraten könnte wenn man sie fangen und befragen würde. Schnell holte er die beiden Frauen ein und stoppte sie. Wie zu einem Überfall bedrohte er sie mit der Pistole und verband dann beiden die Augen. Wenig später löste er die Augenbinde bei Margarethe wieder und zusammen führten sie die alte Frau erst ein paar Mal im Kreis umher und danach, als sie sicher sein konnten, dass sie die Orientierung verloren hatte, zur Mühle.

Erst in Karls Zimmer nahmen sie der Frau die Augenbinde ab und nun musste sie Karl helfen. Sie tat es nicht gern, nicht weil sie es nicht wollte, sondern weil Hans sie entführt und praktisch dazu gezwungen hatte. Schnell und geübt waren ihre Handgriffe und schon wenig später ging es Karl viel besser. Sie gab Hans noch ein paar Kräuter und wollte dann gehen. Der Mann nahm ein paar Münzen und wollte sie Karola geben, doch diese schüttelte den Kopf und schob seine Hand zurück. Hans nickte und verband ihr wieder die Augen. Während Margarethe bei Karl blieb, brachte er Karola mit vielen Umwegen zu ihrer Hütte zurück.

Er ließ sie mit der Augenbinde vor der Hütte stehen und verschwand dann wieder in den Wald. Als Karola die Augenbinde später wieder abnahm, sah sie, dass er ihr einen Beutel mit Münzen auf die Bank vor ihrer Hütte gelegt hatte. Sie nahm die Münzen und schaute sich um. Niemand war mehr zu sehen und sie ging in ihre Hütte hinein.

Es dauerte ein paar Tage und Karl ging es wieder besser. Das Fieber war gesunken und die Entzündung war auch zurückgegangen.

15. Kapitel

Die Gemeinschaft des Waldes

Den ganzen Sommer über waren immer mehr versprengte Söldner bei Hans im Wald angekommen. Er konnte sich selbst nicht erklären, woher die alle kamen, aber nun waren sie schon zwanzig Mann, Thomas nicht mit eingerechnet. Sie brauchten nicht alle jeden Tag auf der Lauer liegen. Hans hatte festgelegt, dass sie nur an zwei Tagen in der Woche, und das auch in wechselnden Verstecken, auf ihre Beute warten sollten. Alle die nicht mit an der Straße im Versteck lagen, übten an der Mühle, oder halfen Thomas.

Hans hatte sie in zwei Gruppen aufgeteilt. Die eine wurde von Luigi und die andere von Karl geführt. Ein jeder der zu der verschworenen Gemeinschaft dazu kam, musste den Schwur auf das Schwert von Hans leisten. Margarethe hatte vom Markt einen großen Ballen Stoff geholt, aus dem sie grüne Schärpen genäht hatte. Ein jeder der Söldner wusste ja noch um die Bedeutung der Schärpen, die ihnen Hans im Anschluss an den Schwur feierlich überreichte. Sie waren das Symbol der Gemeinschaft und ihres Zusammenhalts.

Nun hatten sie alle Zimmer der kleinen Schänke belegt, mehr konnte Hans nicht aufnehmen oder Thomas musste mehr Räume zur Verfügung stellen. Im Sommer war die Unterbringung im Zelt noch möglich, aber bald würde der Winter wieder kommen und da war eine warme Hütte schon besser, als ein zugiges Zelt. Da nun nicht immer alle auf Beutezug waren, kam Hans der Gedanke, die kleine Schänke auszubauen und ein weiteres Haus daneben zu stellen.

Mit Thomas, Karl und Luigi machte er einen Plan. Immer wenn Luigis Gruppe im Lager war, mussten sie Bäume in der Umgebung fällen, die dann Karls Gruppe zu einem Haus zusammensetzte. Da Karl sich gut auf die Holzbearbeitung verstand, waren alle einverstanden. Bereits am nächsten Tag zog Luigis Gruppe mit Sägen und Äxten in den Wald hinter der Mühle.

Alle hatten eine Aufgabe und konnten nun zeigen, was in ihnen steckte. Das neue Haus war für den Winter etwas großzügiger geplant, denn niemand konnte Wissen, wie viele noch zu der kleinen Gruppe dazu kommen würden. Gegen Abend lagen schon die erste gefällten Bäume neben der Mühle, Luigi hatte sie mit ein paar Pferden aus dem Wald geholt. Karl schaute sich die Stämme an und klopfte Luigi anerkennend auf die Schulter. Es war sehr gutes Holz, das die Gruppe gebracht hatte.

Am nächsten Morgen zeigte Karl seiner Gruppe, wie man aus den Stämmen Bretter schlug und alle begannen nach seinem Vorbild auch sofort damit. Ein paar der ersten Bretter gelangen zwar nicht richtig und wurden zu Feuerholz, doch ab dem Mittag hatte ein jeder verstanden, wie es ging. Der Bretterstapel wuchs langsam und Karl stapelte die Bretter quer übereinander, damit sie trocknen konnten. Die nächsten zwei Wochen wurden Bäume zu Brettern.

Nach weiteren zwei Wochen hatten sie das Grundgerüst für das Haus errichtet. Mit jedem Tag wuchs das Haus in die Höhe. Karl hatte es so gebaut, dass es auch den stärksten Winter ohne Probleme überstehen konnte. An den Balken hatte er außen und innen Bretter festgenagelt. In den dadurch entstehenden Zwischenraum hatten sie Erde gefüllt und eingestampft. Die Wände waren so fast einen halben Meter dick geworden und ohne Lücke nach draußen. So konnte der Wind nicht in das Innere der Hütte gelangen.

Genau einen Monat nach dem Beginn der Arbeiten war das Haus fertig geworden. Nun wurde das Innere der Hütte ausgebaut. Tische, Stühle, Bänke und Betten wurden vor dem Haus zusammengebaut und danach in der Hütte aufgestellt. So würden im Winter sicher zehn Mann darin leben können. Da Karl schon einmal im Bauen war, und noch viele Bretter übrig waren, baute er an die Hütte noch einen kleinen Stall an. Thomas und Margarethe besorgten vom Markt ein paar Ziegen, die sie in dem Stall unterbrachten.

Mittlerweile war ihre Gemeinschaft fünfundzwanzig Männer stark und Hans konnte keinen weiter aufnehmen. Eine der Gruppen musste sich nun immer um die Tiere kümmern, sowie Vorräte für den Winter heranschaffen. Der Sommer ging auch langsam zur Neige. Auf einer Lichtung im Wald wurde Gras gehauen und Heu auf einen Haufen gelegt.

Das trocknende Gras duftete herrlich. Am ersten Abend sahen sie wie ein paar Rehe sich über das Heu hermachen wollten. Sie vertrieben die Tiere und mussten nun das Heu auf der Lichtung mit zwei Mann bewachen, damit ihre Ziegen im Winter etwas zu fressen haben würden. Damit zersplitterte Hans aber seine Männer noch mehr. Er musste sie nun an verschiedenen Plätzen einsetzen und er musste sich überlegen, wem er trauen konnte und wem gegenüber er etwas vorsichtiger sein musste.

Zwar hatten alle den Treueeid geschworen, aber für die Männer stand viel auf dem Spiel. Würde auch nur einer von ihnen gefangen, so waren sie alle in Gefahr. Hans teilte die Männer schließlich so ein, dass immer Zehn Mann auf Beutezug und zur Bewachung des Lagers abgestellt und die anderen fünf im Wald unterwegs waren. So konnten sie sich immer gut unterstützen und bewaffnet waren sie ja auch immer.

Langsam füllte sich die Scheune der Mühle mit allerlei Vorräten, die die Gruppe der Männer für den Winter sicher brauchen würden. Im Trockenboden der Scheune wurde das Heu eingelagert und auch die Vorratskammer in der Scheune füllte sich. Da ja alles einem jeden von ihnen gehörte, hatte Hans nicht vorgesehen die Scheune zu bewachen. Eines Morgens musste er jedoch feststellen, dass eine der Würste fehlte, ohne dass ihm einer der Männer darüber informiert hatte. Hans nahm Karl zu Seite und gemeinsam überlegten sie.

Sollten sie die Männer noch einmal ermahnen? Oder das Vorratslager bewachen? Hans entschied sich für Beides. Am Mittag nahm er alle Männer zusammen und verwies darauf, dass dieses Lager ihre Vorräte für den Winter darstellen würde. Wenn sie später im Jahr nicht hungern wollten, so mussten sie jetzt die Vorräte in Ruhe lassen. Ab dem Abend würden immer zwei Mann abwechselnd die Scheune bewachen.

Karl kontrollierte die Scheune noch einmal von außen und schloss ein paar Lücken in der Außenwand dieses Baues mit Brettern und Nägeln. Vielleicht war es ja auch ein wildes Tier aus dem Wald gewesen, das die Wurst geraubt hatte. Aber eine Wache für die Vorräte war auf jeden Fall eine gute Idee gewesen.

16. Kapitel

Ein Treffen am Waldrand

Der goldene Herbst war über die kleine Gemeinschaft gezogen. Es war immer noch schön warm, aber die Blätter an den Bäumen hatten bereits angefangen in allen Rot- und Brauntönen zu schillern. Vereinzelt fielen die Blätter bereits herab und bildeten einen lockeren Teppich auf dem Waldboden. Nun hatten die Männer kaum noch Deckung bei ihren Raubzügen und sahen sich daher nach anderen Tätigkeiten um. Feuerholz musste organisiert werden, Vorräte wurden beschafft und die Häuser für den sicher bald kommenden Winter vorbereitet werden.

Auch der Müller hatte in seiner Mühle gut zu tun. Ein paar der Männer halfen abwechselnd als Gesellen beim Mahlen aus. Richtige Gesellen konnte sich Thomas ja schon lange nicht mehr leisten, aber er war ganz froh über die Hilfe der Männer. Den ganzen Sommer über hatte Karl beobachtet, dass da irgendetwas zwischen Hans und Margarethe begann sich zu entwickeln. Hätte man die Beiden gefragt, sie hätten es sicher bestritten und doch lag so ein knistern in der Luft, wenn die Beiden sich begegneten.

Er wollte auch seinem Freund nicht zu nahe treten, deshalb ließ er die Sache vorerst auf sich beruhen, aber er sah die zufälligen Treffen der beiden jungen Leute nun mit anderen, aufmerksameren Augen. Hans hatte auch so schon genug zu tun, die einzige Frau unter so vielen Männern zu verteidigen und seine Leute in Zaum zu halten. Nicht auszudenken, was vielleicht passiert wäre, wenn Thomas eines Nachts die Mühle oder Margarethes Zimmer nicht sicher verschlossen hätte. Vielen Kämpfern galt das Leben einer Frau nicht viel. Männern galt es ja sowieso in dieser Zeit des Krieges nicht viel, aber diese

68

Räuber waren durch die viele Gewalt der Kämpfe und Plünderungen noch zusätzlich verroht.

Hans gelang es nur dadurch Margarethe zu beschützen, indem er sie als einen Teil der Bande und damit sozusagen als Mann vor den anderen behandelte. Dies konnte er durch seine Gefühle, die er zweifelsfrei für die Frau hatte, nicht aufs Spiel setzen. Vielleicht übertrieb er es manchmal vor den Männern mit seiner Schroffheit Margarethe gegenüber, aber in unbeobachteten und unbewussten Momenten fühlte er sich zu ihr hingezogen. Sie fühlte es vermutlich ähnlich. So lebten sie, eher wie Kameraden, nebeneinander her und doch war da dieser kleine Funken in ihrer beider Seelen, den keiner von ihnen beschreiben konnte.

An einem dieser Septembertage machte sich Hans schon am Morgen auf den Weg zu seiner kleinen Kapelle, die sie im Sommer wieder schön hergerichtet hatten. Er dachte daran, dass er nun schon fast ein Jahr hier im Wald lebte. Sein ehemaliges Leben im Heer kam ihm schon so lange vor. Wie in einem anderen Leben fühlte sich das an und nur das von der Kugel zerbeulte Kreuz, dass er immer noch um den Hals trug, erinnerten ihn an diese Zeit. In diese Gedanken versunken ging er am Mühlbach entlang und bemerkte, dass er schon viel zu weit gegangen war. Die Abzweigung zu der Kapelle lag schon ein ganzes Stück hinter ihm.

Hans blieb stehen und schaute zurück. Gerade als er umdrehen wollte, sah er im Augenwinkel eine Bewegung durch die Bäume und schaute in diese Richtung. Hatte er sich getäuscht? Nichts war zu sehen. Unschlüssig, welchen Weg er nehmen sollte, ging er vorsichtig durch den Wald zu der Stelle, an der er die Bewegung gesehen haben wollte. Er vermied jedes Geräusch, was bei den Blättern auf dem Boden nicht einfach war. Schon die geringste unvorsichtige Bewegung konnte die Blätter zum rascheln bringen, ein verborgener trockener Ast konnte knacken und ihn so verraten.

Am Waldrand angekommen sah Hans, dass er am Mühlteich stand. Direkt neben ihm war das Wehr, das den Teich vom Bach trennte. Sein Blick glitt über die Oberfläche des kleinen Gewässers und er bemerkte eine Bewegung am Schilfrand, an der anderen Seite des Teiches. Vorsichtig begann er dem Waldrand zu folgen. An der anderen Seite stehend, bemerkter er Frauenkleider, die dort über einem Baumstumpf lagen. Nicht weit von ihm weg sah er Margarethe schwimmen. Wenig später hatte er seine Sachen neben die ihren gelegt. Nur in Unterwäsche glitt er ins Wasser und schwamm langsam zu ihr hin.

Die Frau bemerkte ihn erst unmittelbar bevor er sie erreichte. Sie sagte kein Wort, sondern legte nur ihren Kopf schräg. Ihre großen dunklen Augen sagten alles in diesem Moment und auch Hans war nicht fähig irgendetwas zu sagen. Lange schauten sie sich an bis sie endlich zusammen zum Ufer zurück schwammen. Gemeinsam gingen sie, nachdem sie sich wieder angezogen hatten, ohne ein Wort zu der kleinen Kapelle. Als sie diese nach einem kurzen Gebet wieder verließen, nahm Hans ihre Hand und so kehrten sie auch zur Mühle zurück. Hand in Hand. Karl, der an diesem Tag Wache hatte, nickte verstehend sich selbst zu. Er hatte es schon lange geahnt.

Am Abend dieses Tages ging Hans zu Thomas und bat ihn um die Hand seiner Tochter, wozu dieser gern ja sagte. Als seine Frau konnte hans Margarethe ebenfalls gut vor seinen Leuten schützen. Schon am nächsten Tag traute Luigi die Beiden in der kleinen Kapelle und alle waren anwesend. Nach der Feier im Schankraum der Mühle bezog Hans am Abend sein neues Zimmer in der Mühle, mit Margarethe zusammen.

Von diesem Tag an waren sie unzertrennlich und auch der ruppige Ton von früher war nun lange Geschichte. Als seine Ehefrau hatte Margarethe nun einen besseren Stand bei den Männern und Hans musste nun nicht mehr ganz so streng mit ihnen sein. Von diesem Tag an änderte sich aber auch das Verhalten der Frau den Räubern gegenüber. War sie bisher eher zurückhaltend und vorsichtig gewesen, so wurde sie nun manchmal, auch aufgrund ihrer neuen Position, etwas forscher und sogar etwas frech. Was die Männer aber eher mit einem schelmischen Lächeln abtaten.

Die Stimmung innerhalb der Gruppe änderte sich langsam und auch die Abende wurden eher ausgelassener. Zwar war nun Hans der einzige der hier eine Frau hatte, doch die Kämpfer hatte in den Wirren des Krieges gut damit umgehen können auf Frauen zu verzichten, zumindest meistens. Natürlich kam es vor, dass einer der Räuber sich abends aus dem Lager schlich, um bei einer einsamen Bäuerin zu übernachten. Aber wer konnte ihnen das verdenken.

17. Kapitel

Der Segen der Armen

Mit dem Beginn des Winters und dem ersten Schnee setzten sich Hans, Karl, Thomas und Luigi im Schankraum zusammen. Thomas hatte die Beute des Sommers in einer großen Kiste in den Schankraum gezogen. Tragen konnte er diese schon lange nicht mehr. Die vier Männer schauten auf die randvoll gefüllte Kiste. In vielen kleinen Ledersäckchen waren hunderte von Münzen verstaut. „Was machen wir damit? Nur für uns verwenden, oder weiter verteilen?" fragte Hans in die Runde.

Karl nahm eines der Säckchen heraus und öffnete es. Als er die kleinen silbernen Münzen auf den Tisch kippte sagte er „Warum fragst du das? Wir haben doch schon über den ganzen Sommer hinweg Teile dieser Münzen verteilt. Wir werden das auch jetzt im Winter machen. Gerade in dieser Jahreszeit ist das nötig." Alle nickten am Tisch. „Aber wir werden sicher bis zum Frühjahr keine Beute machen können. Wir müssen es einteilen." gab Hans zu bedenken.

„Ich werde es so einteilen, dass es für drei Monate reicht." sagte Thomas. Luigi setzte hinzu „Wir sollten an verschiedenen Tagen in unterschiedliche Dörfer reiten. Immer zu zweit und wir müssen gut aufpassen, dass wir nicht verfolgt werden." „So machen wir es." sagte Hans und die Männer stießen mit ein paar Krügen Bier auf ihren Plan an. Als Margarethe in den Schankraum trat, um das Essen vorzubereiten, trafen sich ihre Augen und die von Hans.

„Ich werde den Winter über hier von der Mühle aus alles leiten." sagte Hans und Karl nickte verstehend. „Dann werden ich und Luigi immer mit zwei Mann losziehen." legte er schließlich fest. Mit einem lauten Knall klappte Thomas die Kiste zu. „Das eine Säckchen ist dann gleich für morgen." sagte der Müller und zeigte auf die Münzen, die vor Karl auf dem Tisch lagen. Knirschend drehte er den Schlüssel im Schloss der Kiste um. „Dann überlege ich mir schon mal einen Weg." sagte Karl lachend, als er die Münzen zurück in das Säckchen tat.

Die Männer kamen nun zum Essen in den Raum und der Tag klang mit lachen und singen am Feuer aus. Hans und Margarethe setzten sich abseits der Männer auf eine Bank, ohne ein Wort versanken sie gegenseitig in den Augen des anderen. Sie waren ja auch erst seit kurzem verheiratet.

Am nächsten Morgen erklärten Luigi und Karl ihren Männern den Plan. Hans und Thomas standen Abseits und schauten den Männern zu. Nach der Einteilung saßen Karl und zwei seiner Männer auf die Pferde auf und ritten los. Die anderen blieben im Lager und übernahmen ihre täglichen Arbeiten.

Karl folgte dem Weg durch den Wald. Am Waldrand stoppten sie und schauten über die abgeernteten Acker. Wie ein weißes Tuch lag der Schnee über der ganzen Ebene. Karl überlegte wo der Weg gewesen war, denn wenn eines der Pferde in einem schneebedeckten Graben stürzen würde, so wäre es sicher auch für den Reiter sehr gefährlich. Schließlich hatte er den Weg erkannt. Langsam zogen sie einer kleinen Gruppe von Häusern entgegen.

Die Bewohner hatten die fremden Reiter, die auch noch maskiert waren, schon längst gesehen. Alle Türen und Fenster waren fest geschlossen. Durch Öffnungen belauerten die Bewohner die Reiter. Karl stoppte mitten zwischen den Häusern, während die anderen beiden Ausschau hielten, ritt er von Hütte zu Hütte und ließ jeweils ein paar

Münzen dort fallen. Als die drei Reiter fort waren, kamen die Menschen schnell heraus und suchten was Karl hatte fallen lassen. Ein Jubel war im Dorf zu hören.

Wie sie es besprochen hatten ritten nun aller paar Tage kleine Gruppen aus, um die Münzen zu verteilen. Die Dorfbewohner rings um hatten nun schon nicht mehr so viel Angst wie vorher, waren aber immer noch vorsichtig. Zu einem Markttag an dem Margarethe mit Thomas und dem Wagen in die nahe gelegene Stadt gefahren waren, hörte die Frau einem Gespräch zweier Bäuerinnen zu. Sie erzählten von den Münzen und zeigten sich gegenseitig den kleinen Schatz. Margarethe hörte so etwas wie der „Segen der Armen" zu sich herüber wehen und sie war mächtig stolz auf ihren Mann, durfte es aber natürlich niemanden sagen, da Hans ja immer noch gesucht wurde.

Den Steckbrief hatte sie an der Tafel neben der Kirche gesehen. Nur das Bild und die Summe der Belohnung waren darauf. Mehr brauchte es auch nicht und lesen konnte sowieso kaum einer der Bürger oder Bauern, die Sonntags in die Kirche gingen und auf der Tafel alle die sahen, die für irgendetwas gesucht wurden. Wenn man jemanden darauf erkannt hatte, so brauchte man nach der Andacht nur mit dem Pfarrer sprechen und in der Woche darauf die Belohnung bei ihm kassieren. Andacht und Geld verdienen in einem, ohne zusätzliche Wege.

Margarethe hatte alle ihre Einkäufe erledigt und keiner hatte sie gefragt, warum sie für zwei Leute so viel eingekauft hatte. Auf dem Markt hatte sie bei den verschiedenen Bauern immer nur kleine Mengen geholt, um nicht aufzufallen und da Thomas den Wagen in einer Seitengasse gelassen hatte, wo er mit den beiden Pferden auf seine Tochter wartete, hatte auch keiner die Menge an Lebensmitteln gesehen, die sie nun mit einer Plane abdeckte. Sie ging zum Schluss noch in ein Kontor, um ein paar Heilkräuter bei einer Frau zu holen und auch dort hörte sie wieder von dem „Segen der Armen" erzählen. Auf der Rückfahrt vom Markt zur Mühle, unmittelbar nach dem Passieren des Stadttores, wo sie nun niemand außer Thomas mehr hören konnte, erzählte sie ihrem Vater, der neben ihr auf dem Wagen saß, wie stolz sie auf Hans und die anderen Männer war.

Gemütlich zuckelten die beiden Pferde durch den Schnee. Große Wolken bildeten sich vom Atem der Pferde und von Zeit zu Zeit schaukelte der Wagen, wenn er einen vom Schnee bedeckten Stein überfuhr. Im unmittelbaren Bereich der Stadt war die Straße vom Schnee geräumt, als sie jedoch in den Wald einfuhren musste Thomas vom Wagen absteigen und die Pferde führen. Margarethe nahm die Zügel und hielt sie ganz fest, obwohl das ja nicht nötig gewesen war, da Thomas die Pferde ja führte. Nun kamen sie nur noch langsam voran, aber die Mühle war schon am Ende des, nun kahlen, Wäldchens zu sehen.

Als sie direkt vor der Mühle hielten, trat Hans aus dem Haus und Margarethe stieg vom Wagen ab. Die Frau ging zu ihm hin und küsste ihn. Sie sagte „Ich bin so stolz auf dich, du Segen der Armen."

18. Kapitel

Räuber oder nicht?

ie Zeit der Wintersonnenwende kam langsam immer näher und die Tage waren mittlerweile so kurz, dass die Männer sich beeilen mussten, bei Tageslicht wieder von der Jagd oder dem Verteilen der Münzen zurück zu sein. Abseits der Wege lag der Schnee so hoch, dass er fast bis zum Bauch der Pferde reichte. Wann immer es ging, machten sich die Männer zu Fuß auf den Weg. Mit großen Gestellen an den Füßen, die Margarethe wie Körbe geflochten hatte, sanken sie nicht so tief ein. Den Pferden waren solche Sachen nicht beizubringen und so ritten sie mit ihnen nur auf den Wegen.

In der letzten Zeit ging es der jungen Frau ab und zu schlechter. Eine Kräuterfrau, zu der sie vertrauen hatte, dieselbe, die damals Karl geholfen hatte, stellte fest, dass Margarethe im Sommer ein Kind zu Welt bringen würde. Sie stellte aber keine Frage, wer der Vater war, vermutlich ahnte oder wusste sie es bereits. Überglücklich kehrte Margarethe zur Mühle zurück, um es Hans mitzuteilen. Die Beiden freuten sich und auch Thomas war froh, schon bald seinen ersten Enkel auf den Knien sitzen zu hahen. Von diesem Tag an sorgte Hans dafür, dass seine Frau nicht mehr so schwere Arbeiten machen musste.

Zusammen mit Karl teilte er jeden Tag zwei Männer zur Küchenarbeit und für die schwereren Haushaltstätigkeiten ein, was von den Männern nicht unbedingt besonders freudig ausgeführt wurde. Frauenarbeit war für einen Mann eigentlich nicht vorgesehen und für einen Räuber und Kämpfer schon gleich gar nicht. Doch Hans erstickte das Murren bereits im Keim und sagte zu ihnen „Räuber oder nicht, ihr wollt jeden Tag essen, dann müsst ihr auch jeden Tag dafür arbeiten." kleinlaut fügten sich die Männer in ihr Schicksal, auch wenn sie von den Anderen an diesem Tag immer mal eine spöttische Bemerkung ab bekamen. Aber da ja nach und nach jeder am Herd arbeiten musste, beruhigten sie sich auch schnell wieder.

Luigi bereitete in der kleinen Kapelle alles für die Feier vor und als dann der Tag der Wintersonnenwende kam, versammelten sie sich alle in der festlich geschmückten, sowie mit Talglichtern ausgeleuchteten, Kapelle. Es wurde ein sehr feierlicher Gottesdienst und einer nach dem anderen dankte laut für alles das, was er in diesem Jahr gutes erfahren hatte. Als die Reihe an Hans war dankte dieser zuerst seinen Männern für die Arbeit und das Vertrauen, dass sie ihm entgegengebracht hatten und danach natürlich auch seiner Frau.

Margarethe dankte im Anschluss Hans und auch ihrem Vater. Für ihre Mutter im Himmel stellte sie danach eine Kerze, die sie auf dem Markt für viel Geld erworben hatte, vor den Altar und zündete sie an. Ein jeder in dem Raum betete nun für Freunde oder Familienmitglieder, die er in den letzten Jahren verloren hatte. In diesem Moment waren sie nicht die rauen Kerle und Räuber, sondern wieder kleine Kinder und mancher musste sich eine Träne abwischen, was an anderen Tagen sicher zum Gespött der anderen Männer geführt hätte.

Als es draußen dunkel wurde zogen die Männer mit den Talglichtern, und Margarethe mit der Kerze, in den Händen von der Kapelle zu der Mühle. Von Ferne sah es wie eine Prozession oder wie Waldgeister und Irrlichter aus, doch das tat der feierlichen Stimmung der Menschen keinen Abbruch. Zusammen setzten sie sich an die gedeckte Tafel in den Schankraum und schon wenig später brachte Thomas Bierkrüge zum Anstoßen und danach ein gebratenes Wildschwein, das sie vor ein paar Tagen im Wald erlegt hatten und das die Wache in ihrer Abwesenheit gebraten hatte, auf den Tisch.

Alle langten zu und schon bald waren die ersten freigelegten Knochen des Schweines zu sehen. Ganz würden sie es wahrscheinlich auch am nächsten Tag nicht schaffen, aber alle wurden satt und Karl stimmte ein altes Lied an, das jeder Kämpfer kannte und in das alle einstimmten. Es war dasselbe Lied, das Karl immer im Heer gesungen hatte. Es passte zwar nicht zu diesem Anlass, aber er kannte nicht so viele Lieder. Laut schallte es durch den schneebedeckten Wald und die Dunkelheit.

In solchen Momenten waren sie allen in sich gekehrt und dachten an die, die sie in ihrer Heimat zurückgelassen hatten. Vielleicht war es ihnen ja schon im nächsten Jahr möglich, zurück zu kehren und die geliebten Menschen wieder in den Arm zu nehmen. Ob sie wohl alle noch gesund und vor allem am Leben waren? In diesen Zeiten vergaß man hier im Wald viel zu schnell, dass außerhalb ihrer kleinen Welt ein furchtbarer und grausamer Krieg tobte. Und doch wusste es eigentlich jeder von ihnen. Waren sie nicht alle aus dem Heer geflohen?

Einzig Hans fühlte sich hier schon ganz heimisch, hatte er doch hier seine Frau gefunden. Natürlich fragte er sich auch insgeheim, was wohl seine Familie in der Heimat machte, aber auf ihrer Burg in Böhmen war sicher schon lange kein Krieg mehr. Jetzt im Winter ruhten meist alle Kampfhandlungen und die Heere waren in ihren Winterquartieren. Sie hatten es schon lange bemerkt, dass nicht mehr so viele Melder unterwegs gewesen waren. Schon im Herbst waren es nur noch wenige gewesen und erst recht jetzt im Winter war die Chance auf reiche Beute zu treffen so gering, dass es sich gar nicht mehr lohnte.

Mal davon abgesehen, das die kahlen Wälder auch keine Möglichkeit zum Verstecken boten. Andere Banden überfielen in dieser Zeit Dörfer und einzelne Gehöfte, aber ihre Gruppe versuchte einen

Teil dieses Schadens wieder auszugleichen. Manchmal war es so, dass sie am Tag nach einem Raubzug einer anderen Bande in ein Dorf ritten und dort wieder ein paar Münzen zurück ließen. Doch die kleinen, meist aus drei Mann bestehenden, Patrouillen mussten sich auch vorsehen, dass sie nicht von anderen, zahlenmäßig überlegenen, Banden auf dem Weg vom Versteck oder zurück überfallen wurden. Doch in diesen Winterabenden am Feuer waren diese Gedanken fern.

Hier am Feuer ließ jeder sein weiches Herz sehen und alle waren gleich. Margarethe, Thomas und die Räuber, kein Unterschied, alles Menschen die sich nach Wärme und Geborgenheit sehnten. Die Kälte draußen ließ sie viel enger zusammenrücken. Eine Gemeinschaft von Menschen, egal ob Räuber oder nicht.

19. Kapitel

Verbrechen

---

as neue Jahr hatte gerade begonnen. „Was würde es ihnen bringen?" fragten sich alle in der Mühle und den beiden Häusern daneben. Die langen Abende und das viele Nichtstun sorgten dafür, dass ein jeder anfing über seine Zukunft nachzudenken. Wie sollte es weiter gehen und wie lange würde ihr Treiben hier im Wald noch unentdeckt bleiben? Margarethes kleiner Bauch war nun schon deutlich zu sehen, auch wenn es bis zur Geburt bestimmt noch ein halbes Jahr dauern würde. Wann immer es ihm möglich war blieb Hans bei seiner Frau und half ihr.

Zum Glück konnte sich Hans auf seine beiden Freunde Karl und Luigi verlassen. Mit Karl war er ja schon lange befreundet, sogar schon als er noch der Offizier von Karl gewesen war und dies von den anderen Offizieren nicht gern gesehen war. Doch auch mit Luigi war er nun gut befreundet und er wusste, dass er dem Italiener fast blind vertrauen konnte. Beide waren in der Bande die Unterführer von Hans und führten ihre Gruppen sehr gut.

Trotzdem hatte Hans auch selbst immer seine Männer im Blick und versuchte sich um sie zu kümmern, so gut er es konnte, oder so wie es der jeweilige zulassen würde. Besonders sorgte er sich um Kaspar, einen jungen Mann von gerade mal zwanzig Jahren, der damals mit Luigi zu ihrer Gruppe gekommen war. Kaspar war der jüngste unter ihnen und in der letzten Zeit zog er sich immer mehr zurück. Er saß alleine am Tisch beim Essen, er setzte sich beim Feiern abseits und starrte nur in seinen Krug. Zwar machte er seine Sache in Luigis Gruppe sehr gut und war auch ein treffsicherer Schütze, doch er war eigentlich für all dies noch viel zu jung.

Irgendwas stimmte da nicht und dieser Sache musste Hans unbedingt nachgehen. Eines Abends setzte er sich mit Luigi und Karl an einen Tisch und versuchte herauszubekommen, wie die beiden anderen den jungen Mann sahen. Vielleicht machte er sich ja ganz umsonst Sorgen, doch auch die beiden Freunde hatten schon bemerkt, dass da etwas nicht stimmte. Der Zusammenhalt und das Vertrauen waren aber für ihr aller Leben in der Gruppe wichtig. Ein Einziger konnte sie alle in Gefahr bringen und dies mussten sie bereits im Ansatz bekämpfen.

Luigi versprach Kaspar mal beiseite zu nehmen und bei einem Bier mit ihm zu sprechen. Immerhin kannte er ihn schon am längsten von allen. Bereits am nächsten Tag versuchte der erfahrene Mann das Gespräch zu suchen, doch er brachte nicht ein Wort aus dem einstmals so fröhlichen Jungen heraus. Nach mehreren vergeblichen Versuchen brach er es dann schließlich ab und setzte sich zu Hans und Karl. Was war zu tun? Nun mussten sie immer ein Auge auf den jungen Mann haben und dies gefiel Hans überhaupt nicht. In jeder anderen Bande hätten sie Kaspar wahrscheinlich sofort umgebracht, aber bei ihnen sollte es anders sein.

Sie saßen auch noch an dem Tisch, als die anderen schon lange schlafen gegangen waren. Nachdem alles aufgeräumt war setzte sich auch Thomas zu ihnen und erzählte, dass er schon länger bemerkt hatte, dass sich Kaspar zurückzog. Seiner Meinung nach war dies seit dem Tag so, an dem bekannt wurde, dass Margarethe schwanger war. Er konnte aber nicht sagen, ob es da einen Zusammenhang gab. Luigi hatte auch nie mit Kaspar über dessen Familie geredet. Vielleicht hatte er ja eine Geliebte oder Frau, zu der er sich nun hingezogen fühlte und die er sehr vermisste. Immerhin waren sie ja nun schon fast ein Jahr hier in dieser Mühle.

Hans machte noch eine Kontrollrunde um das Haus und zur Wache auf dem Hügel, bevor er in die Mühle ging. Seine Frau schlief da schon lange und er setzte sich an ihr Bett. Der Mond beleuchtet ihr Gesicht und Hans saß einfach nur still da. Er konnte es nicht fassen, was für ein Glück er hatte, hier frei zu sein und mit seiner Frau bald eine Familie zu gründen. Er sah zu dem anderen Gebäude hinüber und dachte an die anderen Männer da drüben, die alle weit entfernt von ihren Familien waren. Sie waren zwar frei, aber auch hier gefangen. Irgendwie zumindest. Er legte sich zu Margarethe und war fast sofort eingeschlafen.

Am nächsten Tag war Kaspar plötzlich verschwunden. Hans ließ sofort alle Mann nach ihm suchen. Wenn einer der Stadtwachen oder jemand aus dem Heer Kaspar gefangen nehmen würde, so würde er sie unter der Folter sicher verraten und dieses Risiko wollte keiner von ihnen eingehen. Eine der Gruppen griff ihn schließlich auf dem Weg zu einem Dorf auf. Als er weglaufen wollte schlug einer seiner Verfolger mit dem Schwert zu und verletzte Kaspar schwer. Sie luden ihn auf ein Pferd und brachten ihn schnell zur Mühle zurück, doch unterwegs ging es dem jungen Mann immer schlechter. Zu schwer waren seine Verletzungen.

Auch die dazu geholte Kräuterfrau, zu der Margarethe geeilt war, konnte nicht viel für den Jungen tun. Sie legte ein paar Kräuter und einen Verband an, aber der Schwerthieb hatte die Schulter viel zu tief getroffen und war bis auf den Knochen durchgeschlagen. Am Abend bekam Kaspar Fieber und warf sich vor Schmerzen in seinen Bett hin und her. Hans, Margarethe, die Kräuterfrau und Karl blieben die ganze Nacht am Bett des jungen Mannes. Aber am Morgen machte Kaspar seinen letzten Seufzer, er bäumte sich auf und fiel in sein Bett zurück.

Der Mann war tot und alle aus der Gruppe schauten Matthias, der den Jungen ja vollkommen Grundlos niedergestreckt hatte, für diese Tat verächtlich an. Hans schrie an diesem Morgen auf ihn ein „Warum? Du solltest ihn nur finden und zurückbringen." doch er erhielt keine Antwort.

Die Männer nahmen Abschied von Kaspar und beerdigten ihn direkt neben der kleinen Kapelle. Durch den Winter war der Waldboden steinhart gefroren und es war sehr schwer, ein richtiges Grab auszuheben. Hans, Karl und Luigi gruben zusammen in den Waldboden hinein. Luigi hielt die kleine Trauerfeier ab und Karl hatte ein kleines Kreuz geschnitzt. Immer wenn sie nun zur Kapelle gingen, mussten sie an dem Grab vorbei und dachten an den Freund.

Nun war es Matthias, der sich immer mehr zurückzog und keiner wollte mehr etwas mit ihm zu tun haben.

20. Kapitel

Noch eine Flucht

Bereits am Tag nach Kaspars Beerdigung ging das Leben in der Mühle weiter. Für Trauer war nicht viel Platz in dieser Zeit des Krieges und der Gewalt. Aber ein jeder dachte daran, ob er Matthias noch vertrauen konnte. Vielleich wäre man selber ja der nächste, der hinterrücks niedergeschlagen würde. Und Vertrauen war eine der wichtigsten Sachen, wenn man so als Räuber lebte, leben musste.

Im Verlaufe der Woche war es nun Matthias, der sich immer mehr zurückzog und auch noch von allen anderen verächtlich angeschaut wurde. Ein jeder fragte sich, warum er das wohl gemacht hatte und vermutlich fragte sich das auch Mathias selbst. Aber alles half nichts, Kaspar war tot. Er war der Erste aus ihrer Bande, der gestorben war und das nicht durch einen Feind, sondern durch einen aus ihren eigenen Reihen. Vielleicht wollte Kaspar ja nur zu seiner Familie zurück, doch das würden sie nun nie mehr erfahren.

Hans machte sich schwere Vorwürfe, dass er nicht besser auf den Jungen aufgepasst hatte, doch seine Frau versuchte ihn zu beruhigen. „Du kannst nicht für jeden mitdenken. Kaspar hätte ja auch mit dir reden können. Ihr hättet sicher zusammen eine Lösung gefunden. Oder?" sagte sie und Hans nickte. Seine Frau hatte wieder mal genau auf den Punkt getroffen und er küsste sie. „Jetzt muss ich aber besonders auf Matthias aufpassen, damit er nicht flüchtet." sagte er und wollte gerade vom Tisch aufstehen, als Karl in den Raum stürzte und rief „Matthias ist verschwunden. Er hat ein Pferd und seine Waffen genommen, die Wache niedergeschlagen und ist verschwunden." hinter ihm brachten gerade zwei Männer den Wachposten hereingetragen. Er hatte eine klaffende Wunde an der Stirn, die stark blutete.

Während Margarethe und Thomas sich um den Verletzten kümmerten und ihn verbanden, machten sich alle anderen auf den Weg. Matthias hatte aber das schnellste Pferd genommen und einen zu großen Vorsprung gehabt. Am Abend kehrten alle Männer zurück. Keiner hatte eine Spur von dem Flüchtigen gefunden. Der Wachposten saß in der Ecke des Schankraumes. Margarethe hatte die Wunde genäht und einen dicken Verband um den Kopf des Mannes gebunden.

Alle setzten sich um den Tisch und begannen zu diskutieren. Innerhalb von ein paar Tagen hatten sie zwei Männer verloren. Hans stand auf und verschaffte sich Gehör bei seinen Männern, indem er mit der Faust auf den Tisch schlug. Alle schauten ihn an und warteten. Er begann seine Rede, die damit endete, dass sie nun, da Matthias geflohen war, viel mehr Männer als Wache im Lager lassen mussten. Die Verteilung der Münzen wurde erst einmal eingestellt bis sie sicher wissen konnten, dass keine Gefahr zu erwarten war. Matthias kannte ja alles und jeden.

Bereits in dieser Nacht standen vier Mann als Wache draußen und nicht mehr einer wie bisher. Am nächsten Morgen begannen Margarethe und Thomas sich in der Gegend um zuhorchen, ob jemand einen einsamen Reiter gesehen hatte, auf den die Beschreibung von Matthias passte. In einem der Nachbardörfer traf Margarethe auf eine alte Frau, die ihr erzählte, dass ein Mann, mit dem Aussehen von Matthias, ihr am Vortag ein paar Vorräte aus der Scheune gestohlen hatte. Er hatte sie geschlagen und war dann mit seinem Pferd aus dem Dorf geritten, zuvor hatte er aber, das hatte die Frau noch gesehen, an der Kirche kurz etwas gesucht.

Margarethe kam ein schrecklicher Verdacht. Sie lief zu der Tür der Kirche hinüber und sah sich um. Wie auch in der Stadt war hier im Dorf, neben der Kirchentür, die Tafel mit den Bildern dran. Eine leere Stelle, genau in der Mitte der Tafel, sprang ihr sofort ins Auge. Wenige Augenblicke später hatte sie Gewissheit. Das Bild ihres Mannes fehlte. Vermutlich hatte es Matthias mitgenommen. Wozu war ihr sofort klar. Nun musste sie schnell wieder zurück in die Mühle, um die anderen zu warnen. Die Straße, die Matthias genommen hatte, führe in Richtung Dresden und Margarethe musste genau in die andere Richtung. Außerhalb des Dorfes wartete Karl mit zwei Pferden in einem Versteck auf sie. „Schnell, wir müssen zurück." rief sie auf den letzten Metern, bevor Karl ihr aufs Pferd half. So schnell die Pferde konnten ritten sie zurück.

Im Galopp und so schnell, dass der Schnee in großen Klumpen von den Hufen der Pferde nach hinten geworfen wurden, eilten die Beiden durch das lichte Wäldchen, bis sie die Mühle direkt vor sich sehen konnten. Die Wache hatte sie schon lange erkannt und an der Eile ihres Rückweges gesehen, dass die Beiden eine wichtige Nachricht hatten. Noch bevor Karl und Margarethe vor dem Haus angekommen waren, standen alle vor der Mühle und warteten auf die Nachricht, die zu so einer Eile geführt hatte. Hans half seiner Frau vom Pferd und schon beim Absteigen begann sie aufgeregt zu erzählen „Matthias war in dem Dorf. Er hat eine Frau überfallen und etwas zu essen gestohlen. Dann ist er in Richtung Dresden geritten." sagte sie und alle schauten sie an, denn das war ja nichts, dass diese Eile rechtfertigen würde.

Die Frau holte tief Luft und wendete sich ihrem Mann zu, der im Moment ihr Pferd festhielt „Er war auch an der Kirche und dort fehlt dein Steckbrief!" beendete sie ihre Ausführungen. Eigentlich war allen umstehenden klar, was das bedeuten konnte. Entweder der Zettel war einfach nur so herunter gefallen oder Matthias hatte ihn mitgenommen. Der zeitliche Zusammenhang ließ alle auf die zweite Möglichkeit tippen, obwohl jeder insgeheim hoffte, dass es doch die erste gewesen sein könnte.

Karl brachte die beiden Pferde in den Stall und alle gingen in den Schankraum hinein, wo sie sich zusammen an einen Tisch setzten. Als Karl dann dazu kam, begann Hans mit seiner Rede „Ich kann euch nicht sagen, ob Matthias uns verrät, aber wir sollten vorsichtig sein. Auch wenn man ihn fängt und er nur unter der Folter etwas verrät, sind wir in Gefahr." Alle stimmten lautstark zu und Hans setzte fort „Ab morgen früh reiten immer drei Mann auf Kontrollrunde und überwachen die Straße von Dresden zu uns. Wenn uns eine Gefahr droht, dann vermutlich von dort. Karl, du machst den Anfang." Damit endete er und sein Freund übernahm mit einem Nicken gern den Auftrag.

21. Kapitel

Ein Verräter?

Noch vor dem Morgengrauen war Karl aufgebrochen. Er hatte drei Schimmel, die einzigen drei weißen Pferde die sie hatten, ausgewählt und danach sich und seinen beiden Männern weiße Umhänge übergeworfen. Wenn man nicht genau hinsah, und die drei Reiter sich nicht bewegten, so verschmolzen sie fast mit der Waldkante, in der sie warteten und auf das Feld hinaus schauten. Von Zeit zu Zeit wechselten sie ihre Position, aber sie hielten sich immer so, dass sie die Straße im Blick hatten. Bis auf ein paar Pferde- und Ochsenkarren war nichts auszumachen. Die drei blieben aber aufmerksam.

Weit im Süden wurde im gleichen Augenblick eine Tür geöffnet. Das fahle Licht einer Fackel fiel in den sonst dunklen Raum und beleuchtet das Gesicht von Matthias. Ein junger Mann schaute in den fensterlosen Kellerraum und schob einen Holzteller mit einem Stück Brot auf einen Tisch, bevor er den Raum wieder verschloss. Matthias tastete sich im Dunkel zu dem Brotkanten und verschlang ihn sofort. Es war seine erste Mahlzeit seit zwei Tagen.

Der Mann ließ sich neben dem Tisch auf dem Boden nieder. So hatte er sich das Ganze nicht gedacht gehabt. Er hatte nur vor gehabt die Prämie für Hans zu kassieren und wieder zu verschwinden, doch der Posten hatte gesehen, dass auch Matthias gesucht wurde und so war er schon wenig später hier in diesem Keller gewesen und den Raum hatte er seitdem nicht mehr verlassen. Nun ging es nicht mehr um das Geld, sondern um sein Leben und das wollte er nun gegen das von Hans eintauschen. Er saß auf dem Boden und starrte vor sich in den Raum.

88

Hier in der Dunkelheit wartete er einfach nur auf das, was passieren sollte. Schon alleine das Warten war Strafe genug. Die ganze Zeit zogen irgendwelche schrecklichen Bilder in seinem Geist vorbei. Er hatte so viele sterben sehen, auf die verschiedensten Arten. Nun war er wohl dran? Vielleicht konnte er es aber eben auch abwenden. Wenigstens hatte sie ihm etwas zu essen gebracht und das nahm er schon als gutes Zeichen auf. Blieb einfach nur zu warten. Immer wieder überlegt er, was er wohl sagen wollte. Wenn es erst mal soweit war, dann musste er jedes Wort haben. Ein stottern oder so würde seinen Plan zunichtemachen und ihn in das sichere Verderbnis führen.

Ein paar Stunden später, oder waren es nur Minuten gewesen, ging die Tür erneut auf. Zwei Soldaten holten ihn aus dem Kellerraum und brachten ihn durch, zuerst dunkle Flure, danach über eine Treppe, hinauf in den ersten Stock des Hauses. Am Ende eines Ganges, mit Fenstern zu beiden Seiten, betraten sie einen großen Saal. Hinter einem Tisch saßen ein paar Offiziere, die sich zuerst nicht von dem Ankömmling in ihrem Gespräch unterbrechen ließen. Wieder musste er warten. Die Offiziere redeten vom Wetter und von einer Jagd, die sie am nächsten Tag veranstalten wollten. Bis sich einer der Offiziere in der Mitte endlich an Matthias wendete. „Was hat er uns zu sagen?" fuhr der Offizier den Mann an und Matthias stockte kurz wegen der knurrigen Stimme, doch dann begann er zu erzählen.

Er erzählte von dem Sommer, den Überfällen und vor allen von Hans. Immer wenn er über den Offizier erzählte, waren die anderen ganz stumm und hörten aufmerksam zu. Matthias war sich sicher, dass sein Plan aufgehen würde. Alle diese Offiziere wollten Hans unbedingt fangen. Wenn sie ihn dem Heerführer übergeben würden, so wäre ihr Aufstieg in der Gunst von Wallenstein sicher nicht mehr aufzuhalten. Matthias erzählte fast alles, nur die Mühle und die Anzahl der Kämpfer an Hans Seite verschwieg er. Wenn er gefragt wurde so sagte er, dass im Herbst nur fünf Mann bei Hans waren und nun nur noch zwei. Als er alles gesagt hatte, wurde er wieder aus dem Raum gebracht, diesmal aber nicht in den Keller, sondern in einen Raum, der sich an den Saal anschloss und in dem auf dem Tisch Wein und Brot standen. Nach dem Essen zu urteilen standen seine Chancen gar nicht mal so schlecht, hier lebend wieder heraus zu kommen.

Die Offiziere hatten sich lange beraten, aber Matthias hatte ja Zeit und genug zu essen auf dem Tisch. Nach einer ganzen Weile wurde er wieder in den Saal zurückgeholt. Vor einem der Offiziere lag ein kleines Säckchen, das dieser Matthias mit den Worten zuwarf „Wenn du uns morgen zu diesen Räubern bringst, so erhältst du noch einmal dieselbe Menge und du bist frei. Solltest du uns aber hintergehen, so lege ich dir persönlich die Schlinge um den Hals." Matthias lies die kleinen Münzen in seine Hand fallen und nickte. Danach wurde er wieder in das Zimmer gebracht, aber später wieder im Keller eingeschlossen. So wurde jeder Fluchtversuch schon im Ansatz verhindert, aber die Münzen hatte er nun erst mal bei sich.

Als am nächsten Morgen die Kellertür wieder geöffnet wurde, war Matthias schon über eine Stunde wach gewesen. War es richtig, was er da machte? Aber nun gab es kein Zurück mehr. Er hatte sich, dadurch, dass er verschwiegen hatte, wie viele Räuber es waren, eine Hintertür offen gelassen. Vielleicht konnte er ja bei dem Kampf gegen die Räuber irgendwie verschwinden und dann wäre er frei. Im Hof waren etwa dreißig Soldaten, zusammen mit dem Offizier, angetreten, der Matthias am Vortag die Münzen gegeben hatte. Ein jeder hatte ein Pferd dabei und eines war für Matthias bestimmt. Alle saßen auf und Matthias ritt, mit dem Offizier zusammen, an der Spitze. Er hatte ja nicht erzählt, wo das Lager war, sonst hätten sie ihn vielleicht nicht mitgenommen, sondern im Kerker gelassen.

Langsam, geordnet und in Zweierreihen nebeneinander ritten sie nun die Straße zurück, die Matthias vor ein paar Tagen herunter geritten war. Kurz bevor er den Fehler gemacht hatte, hier den Posten zu fragen, was mit der Belohnung war. Die Soldaten hinter ihm waren alle mit Pistolen und Schwertern sowie mit Brustpanzern ausgerüstet. Er selbst hatte keine Waffen bekommen, die brauchte er auch nicht, im Notfall konnte er sich die auch bei jemanden anders stehlen, oder einem Gefallenen abnehmen.

Luigi sah mit seinem Fernglas die Reihen der Reiter die Straße entlang kommen und er konnte auch Matthias erkennen, den einzigen ohne Rüstung. Schnell sausten sie zurück in Richtung Lager. Durch ihre weißen Umhänge und Pferde blieb ihr schneller Ritt unentdeckt.

22. Kapitel

Waldeskampf

Nur das Dampfen der schwitzenden Pferde verriet die drei Reiter. Selbst die Wache im Lager hätte sie fast übersehen, so gut waren sie durch die Umhänge getarnt. Aber die Hufe auf dem gefrorenen Boden waren deutlich zu hören gewesen. Schnell waren alle Mitglieder der Bande vor der Mühle und nahmen die Boten in Empfang. „Wir haben nicht viel Zeit." rief der Anführer von oben herab, während er das Pferd direkt vor Hans stoppte. Hans nickte, drehte sich zu seinen Männern um und sagte „Ihr wisst was ihr zu tun habt?"

Augenblicklich waren alle im Haus verschwunden, Thomas und Margarethe hatten die Pferde am Zügel übernommen und schon wenig später standen alle wieder auf dem Platz vor der Mühle. Während die Frau und ihr Vater die Pferde in den Stall brachten, prüfte Hans schnell die Ausrüstung. Alle hatten sich weiße Umhänge übergeworfen, die Margarethe aus alten Laken geschneidert hatte. Mit Pistolen und Schwertern, die Korbgeflechte von Margarethe an den Füßen, standen sie bereit.

In den letzten beiden Tagen hatte Hans die Gegend links und rechts des Weges erkundet und eine passende Stelle für einen Hinterhalt gefunden. Dorthin machten sich die Männer nun so schnell sie konnten auf den Weg. Unterwegs informierte Luigi Hans über die Anzahl der feindlichen Reiter. Hans lief auf der einen Seite des Weges und Karl auf der anderen Seite durch den Wald, damit sie auf dem Weg keine Spuren hinterließen. Sie erreichten die Stelle unmittelbar bevor die Reiter in den Weg abbogen und versteckten sich zwischen den Bäumen. Nur aus unmittelbarer Nähe waren sie so auszumachen.

Langsam zogen die Reiter, nichts von der tödlichen Falle ahnend, den Weg entlang. Der Schnee behinderte ihr vorankommen etwas. Vor ihnen waren nur ein paar Pferde- und eine Wagenspur zu sehen. Alles war ruhig und so ritten sie in den Hohlweg hinein. Unvermittelt schlug ihnen von beiden Seiten Pistolenfeuer entgegen, woraufhin die Hälfte der Reiter verletzt oder tot vom Pferd kippte. Mit lauten Geschrei und gezogenem Schwert stürzten sich die Räuber auf die völlig überraschten Reiter und verwickelten sie in einen Kampf auf Leben und Tod. Obwohl die Räuber zu Fuß und die Reiter vom Pferd aus kämpften, machte die Entschlossenheit der kleinen Schar um Hans diese Ungleichheit mehr als wett.

Der Weg war so schmal, dass die Pferde nur schlecht wenden konnten, ohne einander zu behindern und so waren auch die Reiter sich eigentlich ständig gegenseitig im Wege. Hans und Karl tauchten unter den Pferden von einer Seite zur anderen und versuchten so den Schwertern von Oben auszuweichen. Diejenigen Reiter, die vom Pferd gefallen waren, wurden im Schnee liegend niedergemacht, bevor sie noch richtig wussten, was passiert war. Als Matthias sah, dass der Offizier neben ihm getroffen vom Pferd fiel, versuchte er zu fliehen. Er riss das Pferd herum und ritt, sich verzweifelnd Platz machend, zwischen den Kämpfern hindurch. Als er an Hans vorbei ritt, nahm dieser sein Schwert und schleuderte es ihm hinterher. Eigentlich war die Chance Matthias mit dem Schwert zu treffen eher gering, aber Hans hatte im Moment keine Pistole mehr bei sich und so wollte er den Verräter nicht entkommen lassen.

Das Schwert, auf das er selbst geschworen hatte, dass es jeden Verräter töten würde, durchbohrte ihn von hinten und riss ihn vom Pferd. Matthias war tot, noch bevor er den Waldboden erreichte. Hans nahm sich eines der herumliegenden Schwerter und kämpfte weiter gegen die Reiter, ohne sich um Matthias zu kümmern. Einer der Kämpfer versuchte nun ebenfalls aus dem Wald zu fliehen und dies konnte Hans nicht zulassen, doch es war Karl, der sich auf eines der Pferde schwang und dem Soldaten hinterher ritt. Noch vor dem Verlassen des Waldes war er nahe genug heran um mit einer der Pistolen, die am Pferd festgemacht waren, den Reiter vor sich zu treffen. Getroffen fiel er vom Pferd, das im wilden Galopp den Wald verließ. Karl überzeugte sich das der Soldat tot war und ritt zurück, um seinen Kameraden zu helfen, aber der Kampf war längst entschieden.

Alle feindlichen Soldaten waren tot, doch auch zehn der Räuber waren gestorben. Luigi und zwei andere waren verletzt worden. Sie zogen alle gefallenen Feinde in den Wald hinein und jagten danach die Pferde weg. Schon nach kurzer Zeit erinnerte nicht mehr viel auf dem Waldweg an das gerade noch dort stattgefundene Gefecht. Nur der zerwühlte Schnee und das Blut waren noch zu sehen, doch der nächste Schneefall würde auch diese Spuren verwischen. Bei Matthias versammelten sich danach alle und sahen, dass das Schwert fast von selbst Rache an ihm genommen hatte. Die Verwundeten wurden versorgt und danach wurden alle feindlichen Gefallenen in eine Schlucht im Wald gebracht, wo sie erst einmal liegen gelassen wurden. Mit ihren eigenen Gefallen machten sie sich auf den Weg zurück zur Mühle.

Dort wurden sie schon von Margarethe erwartet, Thomas hatte sie die ganze Zeit zurück halten müssen, damit sie nicht losläuft und vielleicht noch zwischen die Fronten gerät. Jetzt, da sie sah, dass ihr Mann unverletzt war, fiel sie Hans freudig um den Hals. Die Männer legten ihre toten Kameraden neben der Mühle ab und obwohl er verletzt war bereitete Luigi sofort den Trauergottesdienst in der kleinen Kapelle vor. Da er seinen einen Arm nicht mehr bewegen konnte, mussten alle anderen die Gräber ausheben. In aller Stille hoben sie die Gruben neben dem Grab von Kaspar aus.

Am nächsten Morgen trugen sie ihre Kameraden von der Mühle zu den Gräbern und beerdigten sie dort feierlich. Nun waren sie, Thomas und Margarethe eingerechnet, nur noch zu zehnt und noch vor dem Mittag machten sie sich auf den Weg, die nur im Wald abgelegten Feinde, in der Schlucht zu beerdigen. Dies ging nicht ganz so feierlich zu und auch Matthias wurde in der Schlucht beerdigt. Einen Verräter wollten sie auch tot nicht in ihrem Lager haben.

Margarethe und die Kräuterfrau kümmerten sich in der Zwischenzeit im Lager um die Verletzten. Zum Glück waren die Verletzungen nicht so schwer und auch Luigi würde seinen Arm bald wieder benutzen können. Am Abend hielten sie in der Mühle eine kleine Gedenkfeier ab, wobei sie auf die gefallenen Kameraden anstießen und wie immer stimmte Karl sein Landsknechtslied an. Diesmal sang auch Margarethe mit.

23. Kapitel

Der Sonne entgegen

Es war Mitte März geworden und mit dem tauenden Schnee, waren auch alle Verletzungen geheilt. Mit dem ersten Grün an den Bäumen stellte sich aber für Hans die Frage, ob sie mit den Überfällen weitermachen sollten oder nicht. Zusammen mit Karl und Luigi kam er zu dem Schluss, dass sie ihr Glück nicht herausfordern sollten. Zwar hatte keiner nach den Reitern gesucht, aber das könnte ja noch kommen.

Vielleicht war es gar nicht so schlecht, dass ihnen niemand entkommen war. So konnte keiner erzählen, ob jemand überlebt hatte und es wäre ja möglich gewesen, dass sich beide Gruppen gegenseitig vernichtet hätten. Wenn nun die Überfälle aufhören, könnte man zu diesem Schluss kommen. Hans holte darum eines Morgens alle zusammen und bedankte sich bei ihnen. Er nahm noch einmal bei jedem den Schwur ab, nichts zu verraten und verwies auf das Schwert und das Schicksal von Matthias.

Thomas übergab danach an jeden ein kleines Säckchen mit Münzen und von Luigi erhielt jeder Waffen und ein Pferd. Schnell und dankbar brach ein jeder in seine Heimatrichtung auf, bis nur noch Karl, Hans, Luigi, Thomas und Margarethe in der Mühle lebten. Sie blieben noch eine Woche, bis auch Luigi den Wunsch äußerte, nach Italien heim zu kehren.

Nachdem sie abends noch den Abschied gefeiert hatten, machte sich Luigi nach dem Sonnenaufgang auf den Weg in sein fernes Zuhause. Die Freunde standen vor der Mühle und winkten ihm noch lange nach. Nun waren sie genau noch die Vier, mit denen alles damals angefangen hatte. Es kam ihnen schon so lange vor und doch waren es nicht einmal zwei Jahre gewesen. Immer wenn sie Zeit hatten, gingen sie zu der kleinen Kapelle und den daneben liegenden elf Gräbern, für die Karl schöne Kreuze geschnitzt hatte. Margarethe hatte ein paar Blumen auf jedes Grab gepflanzt und so dachten sie immer an die Freunde, die ihr Leben für sie gelassen hatten.

Jetzt, da die Bäume ringsum wieder begannen zu grünen wurde dieser Platz im Wald ein fast schon idyllischer Flecken, wenn es nicht gerade ein Friedhof gewesen wäre. Eine Trauerweide hatte ihre Zweige bis fast auf Kaspars Grab herunter hängen. Nun, da die Blätter wieder heraus kamen, hörte es sich manchmal an, als flüstere jemand, wenn sich die Zweige im Wind bewegten. Hier waren sie ihren Freunden ganz nah und in der kleinen Kapelle nebenan beteten sie für die Seelen ihrer Kameraden.

Am Sonntag darauf war Margarethe mit Thomas zum Gottesdienst in der kleinen Stadt, als sie bemerkte, dass der Zettel von Hans nicht mehr dort hing. Vorsichtig fragte sie beim Pfarrer an, wo denn der Zettel sei. Der Pfarrer holte den Zettel aus einem Seitenzimmer und fragte „Meinst du diesen hier?" Margarethe nickte. Der Pfarrer zerriss den Zettel und sagte „Wallenstein ist tot. Niemand sonst würde diese Summe zahlen und damit ist die Sache hinfällig. Er wird nicht mehr gesucht." erleichtert nahm die Frau in der Kirche Platz und verrichtete ein paar stille Dankesgebete.

Nach dem Gottesdienst konnte sie es gar nicht erwarten, ihrem Mann die freudige Nachricht zu überbringen. Glücklich fielen sich die Beiden um den Hals. Am Abend nahm sich Hans zum Dank den Vollbart ab und seine Frau war ganz Überrascht, wie jung Hans aussah. Selbst Karl machte eine spöttische Bemerkung, über das glatte Kinn seines ehemaligen Vorgesetzten.

Zum Gottesdienst eine Woche später ließen sich Hans und Margarethe vom Pfarrer trauen, obwohl das ja Luigi schon einmal gemacht hatte. Hans hatte anfangs so seine Probleme mit dem protestantischen Gottesdienst, bisher kannte er nur den Katholischen beim Heer und den von Luigi, doch die Andacht in Deutsch gefiel ihm sehr gut. Jetzt hatte er noch mehr Zweifel, wofür eigentlich dieser ganze Krieg geführt wurde. Waren sie den nicht alle Christen?

Nach der Trauung machten sie sich auf den Heimweg. Margarethe saß im Wagen, der von Thomas gelenkt wurde während Karl und Hans mit den Pferden hinterher ritten. Wie immer Pistolen und Schwerter griffbereit, man konnte ja nie wissen, was einem hinter der nächsten Wegbiegung erwarten würde. Es waren grausame und gefährliche Zeiten. Und so als hätten sie es geahnt, standen mit einem mal drei Räuber vor dem Wagen. Sie hatten aber weder Hans noch Karl gesehen, die etwas weiter hinter dem Wagen geritten waren. Schnell waren die beiden Männer nach vorn geeilt und noch im Reiten hatten sie die Pistolen abgefeuert. Trotz der hohen Geschwindigkeit des Rittes traf jede Kugel und die Räuber lagen tot auf dem Weg.

Bevor sie weiter zogen luden die beiden zuerst die Pistolen neu und verstauten sie vor sich in den Holstern. Thomas hatte in der Zeit die Leichen aus dem Weg geräumt und schon brachen sie wieder auf. Immer zu den Seiten sichernd, denn noch einmal wollten sie sich nicht überraschen lassen. Zum Glück waren es nur drei gewesen. Bei einer Bande, so wie sie sie gehabt hatten, hätte es für die vier schlecht ausgesehen. Wenig später bogen sie in den Weg zur Mühle ein. Hier kannten sie jeden Baum, jeden Strauch und hier konnte sie niemand überfallen. Von nun an würden sie immer zu viert zum Markt fahren müssen. Für Margarethe wäre es alleine viel zu gefährlich geworden.

Auch die Arbeit in der Mühle teilten sie sich ein, während Hans als Geselle beim Mahlen half, machte sich Karl in der Schänke nützlich und half Margarethe. Es kamen nun auch wieder durchreisende Gäste, die in der kleinen Wirtschaft über Nacht blieben. Zimmer hatten sie ja nun, da die Bande nicht mehr da war, genug und auch die kleine Schänke wurde wieder ein Anlaufpunkt für die Männer aus den umliegenden Dörfern.

Es gab zwar noch ein paar marodierende Banden in der Umgebung, aber der Wald rings um die Mühle war sicher, dafür hatten Hans und seine Leute in dem letzten Jahr gesorgt. Und auch jetzt noch, da Hans und Karl alleine waren, sorgten sie dafür, dass sich niemand ungestraft in ihrem Wald umhertrieb und Leute überfallen konnten.

Von Zeit zu Zeit begleiteten die Zwei auch Gäste durch den Wald und boten somit Geleitschutz. Dadurch verdienten sie sich noch etwas hinzu. Was der Haushaltkasse der Mühle ebenfalls zugutekam.

24. Kapitel

Der weite Weg heim

M ittlerweile war es Sommer geworden. Margaretes Bauch war immer dicker geworden und jeden früh musste ihr Hans beim Aufstehen helfen. Es konnte nicht mehr lange dauern, bis sie ihr Kind in den Händen halten würden. Karl war immer noch in der Mühle und half, zusammen mit Hans, beim Mahlen in der Mühle. Rings um die Mühle standen die Bäume in saftigsten grün ihrer Blätter. Zu den Gräbern schaffte es Margarethe nicht mehr und so mussten Hans und Karl sich um die Blumen kümmern, was den Männern nicht unbedingt Freude machte. Sie taten es aber als Anerkennung und Dank für ihre toten Kameraden.

Eines Abends war es dann soweit. Wie jeden Tag hatten sie vor der Mühle auf einer Bank gesessen und als Margarethe aufstehen wollte, sackte sie vor Schmerzen zusammen. Schnell machte sich Hans mit zwei Pferden auf den Weg zur Kräuterfrau, aus dem Nachbardorf. Thomas half seiner Tochter in das Zimmer zu kommen. Aufeinander gestützt und immer wieder von schmerzhaften Wehen gestoppt schleppte sich die Frau zu ihrem Bett, während Karl an der Tür der Mühle auf die Rückkehr von Hans wartete. Der Mann hatte Karola, die Kräuterfrau, auf dem halben Weg getroffen und gerade noch rechtzeitig trafen die Beiden bei Margarethe ein. Die Frauen warfen die Männer aus dem Zimmer und nun standen Karl, Hans und Thomas vor der verschlossenen Zimmertür.

Sie konnten nur untätig warten, was passierte und das zerrte an den Nerven, der sonst so selbstbewussten Männer. Karl versuchte die beiden anderen immer wieder zu beruhigen und abzulenken, was ihm auch einigermaßen gelang. Nicht lange später hörten sie zuerst Margarethe schreien und dann ein Kind. Vor Freude fielen sich die Männer um den Hals, als Margarethe noch einmal schrie und wieder schrie ein Kind.

Die Männer sahen sich verwundert an, als die Tür sich öffnete und Karola durch die Tür sagte „Du hast einen Sohn." und nach einer kurzen Pause dazu setzte „Und eine Tochter." die drei Männer drängten in den Raum, wo die völlig erschöpfte Margarethe zwei Kinder im Arm hielt. Thomas nahm das eine, während Hans das andere nahm. Ein gequältes Lächeln zog über Margarethes Gesicht. Hans küsste sie und die Frau schlief ein. Die Kräuterfrau nahm nun die beiden Kinder, legte sie in die viel zu kleine Wiege, die Karl gebaut hatte, und scheuchte die Männer wieder aus dem Raum.

Zu dritt gingen sie in den Schankraum und stießen auf die beiden Kinder an. „Da werde ich wohl noch eine Wiege bauen müssen." sagte Karl zwischen zwei Krügen Bier. Schon am nächsten Abend war er damit fertig. Die Arbeit an dieser Wiege ließ Karl nachdenklich werden. Wollte er nicht wieder als Schnitzer in seiner Heimat arbeiten? Viel zu lange war er schon von dort weg gewesen und nun wurde es langsam Zeit. Hans hatte sich in der Mühle auch schon so eingelebt, dass er die Hilfe des Freundes nicht mehr benötigen würde.

Nach weiteren zwei Wochen machte sich Karl auf den Weg in seine Heimat. Vor der Mühle verabschiedete er sich vom Thomas, Hans, Margarethe und den beiden Kindern. Bevor er mit seinem Pferd im Wald verschwand, drehte er sich noch einmal um und winkte den Freunden vor der Mühle zu. Sein Weg war noch weit, doch er würde sicher irgendwann hierher zurückkommen.

Zeitliche Einordnung der Handlung:

5800 Steinzeit

Anfang des Buches „**Schicha und der Clan des Bären**"

Ende des Buches „**Schicha und der Clan des Bären**"

5500 Steinzeit

400 --

387 Die Kelten fallen in Rom ein

300 --

218 Der karthagische Feldherr Hannibal überquert die Alpen

200 --

100 --

55 Expedition Cäsars nach Britannien

44, 15. März, Kaiser Cäsar wird in Rom ermordet

0 --

9 Niederlage des Feldherrn Varus gegen die Cherusker unter Arminius

43 Beginn der Eroberung Südbritanniens

54 Nero wird römischer Kaiser

54 Anfang des Buches „**Die römische Münze**"

64 Brand Roms und daraufhin erste Christenverfolgung

68 Aufstände in Gallien und Spanien

68 Selbstmord Kaiser Neros

75 Ende des Buches „**Die römische Münze**"

79, 24. August, Ausbruch des Vesuvs und Untergang Pompejis

80 Einweihung des Kolosseums in Rom

98 Trajan wird römischer Kaiser

100 --

161 Marc Aurel wird römischer Kaiser

200 --

300 --

306 Konstantin der Große wir römischer Kaiser

324 Konstantin bekennt sich zum Christentum und macht dieses zur Staatsreligion

400 --

700 --

764 Anfang des Buches „**In den finsteren Wäldern Sachsens**"

772, im Sommer, Zerstörung der Irminsul

772 Anfang der Sachsenkriege Karls des Großen

782 Blutgericht von Verden (Aller)

783, im Sommer, Gefechte mit Beteiligung sächsischer Frauen

785 Taufe Widukinds in der Königspfalz Attigny

792 letzte größere Erhebungen gegen die Franken

792 Zwangsdeportationen und Neuvergabe von sächsischem Land an Franken

796 Karls Belehrung durch seinen Berater Alkuin

797 wurden mit dem Capitulare Saxonicum die Sondergesetze gegen die Sachsen gelockert

800 --

800 Kaiserkrönung Karls

802 wurde das sächsische Volksrecht (Lex Saxonum) verabschiedet

802 Ende des Buches „**In den finsteren Wäldern Sachsens**"

804 Ende der Sachsenkriege

889 Wanzleben wird erstmals erwähnt, als Haufendorf

900 --

913 Herzog Heinrich von Sachsen stellt ein Ungarisches Heer bei Merseburg

926 Heinrich handelt mit den Ungarn einen zehnjährigen Waffenstillstand für Sachsen aus

937 Otto I. der Große, gründete das St.-Mauritius-Kloster in Magdeburg

938 die Ungarn ziehen erneut gegen die Sachsen

952 Anfang des Buches **„Der Gefolgsmann des Königs „**

955, am 10. August, Schlacht gegen die Ungarn auf dem Lechfeld bei Augsburg

955 Otto Beginnt einen großen Neubau des Doms zu Magdeburg.

962, 2. Februar, Krönung Ottos zum Kaiser

968 Anfang des Baues der Burg Wanzleben

980 Ende des Buches **„Der Gefolgsmann des Königs „**

1000 –

1100 --

1142 Heinrich der Löwe wird Herzog von Sachsen

1143 Gründung Lübecks, der ersten deutschen Ostseestadt

1147 Anfang des Buches **„Im Zeichen des Löwen"**

1147 Wendenkreuzzug, dauert als Kreuzzug drei Monate

1152 Königskrönung von Friedrich Barbarossa in Aachen

1155 Kaiserkrönung Friedrich Barbarossas in Rom

1156 Besiedlungszug in Lommatsch

1157 Gründung des deutschen Kaufmannsbundes

1159 Wiederaufbau Lübecks

1160 Anfang des Buches **„Kaperfahrt gegen die Hanse"**

1160 der slawische Burgwall Dobin, liegt am heutigen Schweriner See, wird zerstört

1160 Lübeck erhält das Soester Stadtrecht

1160 Gründung der Kaufmannshanse

1161 Vermittlung eines Handelsprivilegs an die Stadt Lübeck durch Heinrich den Löwen

1161 Gründung der Gotländischen Genossenschaft als Vorstufe der Hanse

1162 Kloster Altzella, bei Nossen, wird gegründet

1163 Ende des Buches „**Im Zeichen des Löwen**"

1180 Heinrich verliert das Herzogtum Sachsen

1200 –

1200 Gründung des Petershofes in Novgorod als Außenstelle der Hanse

1200 Ende des Buches „**Kaperfahrt gegen die Hanse**"

1250 Anfang der Blütezeit der Städtehanse

1300 –

1500 --

1517 Anfang des Buches „**Die Bruderschaft des Regenbogens**"

1517, 31. Oktober, Luthers Thesen in Wittenberg

1518 Münzer und Luther in Wittenberg

1520 Münzer in Zwickau

1522 Neues Testament auf Deutsch

1523, zu Ostern, Katharina von Boras Flucht aus dem Kloster

1524 Bauern- und Handwerkeraufstände in Sachsen

1525, 15. Mai, Schlacht bei Bad Frankenhausen

1525, 27. Mai, Münzer in Mühlhausen enthauptet

1525, 27. Juni, Heirat Luthers mit Katharina von Bora

1525, im Dezember, Kloster Buch wird geschlossen

1526 Niederschlagung der letzten Bauernaufstände

1527 Ende des Buches „**Die Bruderschaft des Regenbogens**"

1530 Reichstag zu Augsburg beschließt Duldung des Evangelischen Glaubens

1534 Gesamte Bibel auf Deutsch

1600 –

1618, 23. Mai, Fenstersturz zu Prag

1618 Anfang des dreißigjährigen Krieges

1620, 08. November, Schlacht am Weißen Berg in Prag

1630 Anfang des Buches „**Im Schein der Hexenfeuer**"

1631 Kriegseintritt Sachsens

1631 10. Mai, Verwüstung der Stadt Magdeburg durch kaiserliche Truppen

1631 Beginn des Buches „**Die Räubermühle**"

1632 die Pest wütet in Sachsen

1632, 16. November, Schlacht bei Lützen

1634, 25.0 Februar, Albrecht von Wallenstein wird in Eger ermordet

1634 Ende des Buches „**Die Räubermühle**"

1639 schwedische Truppen brennen Dresden teilweise nieder

1641 Zerstörung Dresdens durch die Schweden

1648 Westfälischer Friede

1648, 24. Oktober, Ende des dreißigjährigen Krieges

1650 Ende des Buches „**Im Schein der Hexenfeuer**"

1700 --

Von Uwe Goeritz ebenfalls beim Verlag BoD erschienen (BoD – Books on Demand, Norderstedt, nähere Informationen finden Sie unter www.BoD.de)

„Schicha und der Clan des Bären"
die ISBN lautet 978-3-7386-0262-3

„Diese Geschichte spielt in der Steinzeit, als unsere Vorfahren dazu übergingen sesshaft an einem Platz zu leben. Es war der Beginn der Siedlungen, von Viehhaltung und gezieltem Anbau von Pflanzen. Die Schwierigkeiten der ersten Siedler und die Gefahren in ihrer Umwelt werden deutlich gemacht."

108 Seiten für 7,90 Euro

„Die römische Münze"
die ISBN lautet 978-3-7392-1843-4

„iese Geschichte handelt in der Mitte des ersten Jahrhunderts. Sie zeigt das Leben in einer Zeit der Annäherung zwischen Römern und Germanen. In einer Epoche die, nach dem Sieg der Germanen über die Römer in der Varusschlacht, zuvor von Misstrauen der beiden Völker untereinander geprägt war. Das beginnende römische Kaiserreich wollte, wenn sie Germanien schon nicht besetzen konnten, wenigstens ihre Steuern und Handelswaren aus den Wäldern erhalten.

Viele Germanen waren aber auch willkommene Verbündete und Kämpfer in den Legionen der römischen Armee. Oft schon als Kinder von den Römern als Geiseln genommen, lernten sie das Leben in der Zivilisation kennen und schätzen. Nach ihrem Ausscheiden aus dem Armeedienst wurden viele römische Bürger oder trieben Handel zwischen dem römischen Reich und den germanischen Stämmen des Nordens.

Zwei Menschen aus Kulturen, wie sie anders nicht sein könnten, treffen aufeinander. Karl, der Krieger und Händler aus den Wäldern des Nordens, und Amara, eine nubische Sklavin, finden sich in einer römischen Stadt, um ihren gemeinsamen Weg zusammen zu gehen.

Dies ist eine Liebesgeschichte vor dem historischen Hintergrund des Handels und der Gefahren des Weges aus dem Norden in das römischen Reich und wieder zurück. Der Leser wird in die Welten der Sklaven und der nordischen Händler entführt."

112 Seiten für 7,90 Euro

„In den finsteren Wäldern Sachsens"
die ISBN lautet 978-3-7357-7982-3

„Diese Geschichte spielt von 764 bis 802 in den Völkern der Sachsen und Franken. Matthias, ein Franke, und Thorsten, ein Sachse, haben beide ihre Familien in den Sachsenkriegen verloren. Nach kämpfen gegeneinander werden sie Freunde und müssen sich den täglichen Anforderungen des Lebens stellen. Im Kontext des Krieges von Karl dem Großen gegen die Sachsen muss sich ihre Freundschaft bewähren wenn Frieden zwischen den Völkern herrschen soll."

108 Seiten für 7,90 Euro

„Der Gefolgsmann des Königs"
die ISBN lautet: 978-3-7357-2281-2

„Die Geschichte spielt um das Jahr 950 im Volke der Sachsen in der Nähe des heutigen Magdeburg. Berthold ist als Oberhaupt nach dem Tod seines Vaters für die Geschicke des Dorfes verantwortlich. Zusammen mit seiner Frau Johanna, seinen Brüdern, seiner Heilkundigen Schwester Edith und den anderen Bewohnern im Dorf bewältigt er die täglichen Herausforderungen des Lebens in einer Zeit in der das Christentum und die Einigkeit des deutschen Volkes noch ganz am Anfang stehen. Als König Otto zum Kampf gegen die Ungarn ruft, werden Berthold und die Seinen auf eine harte Probe gestellt."

116 Seiten für 7,90 Euro

„Im Zeichen des Löwen"
die ISBN lautet: 978-3-7347-5911-6

„Die Geschichte spielt von 1147 bis 1163 im Volke der Sachsen in einem kleinen Dorf. Wolfgang und Heinrich kennen sich seit Kindertagen doch nun ist einer der Herzog und der andere ein Bauer. Kann ihre Freundschaft diese Kluft überbrücken?

Wolfgang erwirbt sich in den vielen Kämpfen das Vertrauen seines Herzogs und darf das Banner mit dem Löwen im Kampf führen doch der Kampf gegen das Volk der Slawen stellt diese Freundschaft auf immer neue Bewährungsproben. Kann Wolfgang, als halber Slawe, den Kampf gegen das Brudervolk mit seinem Gewissen vereinbaren?

Zusammen mit Karl ist er als Oberhaupt für die Geschicke des Dorfes verantwortlich. Mit seiner Frau Gisela, seinen Bruder Siegfried und den anderen Bewohnern im Dorf bewältigt er die täglichen Herausforderungen des Lebens in einer Zeit als aus dem Dorf langsam eine kleine Stadt wird."

116 Seiten für 7,90 Euro

„Kaperfahrt gegen die Hanse"
die ISBN lautet: 978-3-7386-2392-5

„Norddeutschland, Ende des 12 Jahrhunderts. Diese Geschichte handelt von 1160 bis 1200 zu Beginn der Hanse in einem kleinen Dorf an den Ufern der Ostsee. Eine kleine Gruppe von Fischern beginnt einen Kampf gegen die Übermächtig erscheinende Verbindung zwischen Kaufleuten der Hanse und den lokalen Fürsten.

Immer schlimmer werden sie ausgepresst, damit ihr Fürst Handel treiben kann. Unter Ausnutzung des Aberglaubens der Seemänner gelingt es ihnen, einen Teil des erpressten Eigentums zurück zu holen und unter der Bevölkerung zu verteilen.

Wie lange können sie aber der übermächtigen Allianz und der Macht des neuen Städtebundes widerstehen? „

108 Seiten für 7,90 Euro

„Die Bruderschaft des Regenbogens"
die ISBN lautet: 978-3-7386-5136-2

„Sachsen zu Beginn des 16. Jahrhunderts. Als Kind ist Thomas in das Kloster eingetreten, doch im Laufe der Zeit kommt er immer mehr in den Konflikt mit der Kirche. Sein Zusammentreffen mit Müntzer und Luther führt bei ihm auch zu einer inneren Reformnation. Hin- und Hergerissen zwischen den Ansichten dieser beiden Prediger ergreift er Partei für die Bauern, aus deren Stand auch er einst kam. Nach der Niederschlagung der Bauernaufstände muss er sich entscheiden, wie sein Lebensweg weiter gehen soll.

Der Autor verwendet eine Sprache, die im Kontext des historischen Erzählens authentisch wirkt. Die Dialoge sorgen für Lebendigkeit und besondere Nähe zum Geschehen. Bildliche Beschreibungen erschaffen besondere Eindrücke vor dem inneren Auge des Lesers. Der Text richtet sich an ein historisch interessiertes Publikum.

Fazit: Ein weiteres, lesenswertes Abenteuer, das den Leser in die spannende Zeit der Reformation und des Bauernkrieges zum Ende des Mittelalters entführt."

112 Seiten für 7,90 Euro

„Im Schein der Hexenfeuer"
die ISBN lautet: 978-3-7347-7925-1

„Diese Geschichte handelt in den Jahren 1630 bis 1650 in einer kleinen Stadt in Sachsen. Johanna hat in den Wirren des dreißigjährigen Krieges schon zweimal ihre Familie verloren. Als Frau eines Kaufmannes gerät sie in einen Hexenprozess, den sie nur mit viel Glück und der Hilfe ihres Mannes überlebt. Nach diesem Prozess arbeitet sie weiter mit Kräutern und versucht den Menschen zu helfen, so gut sie es kann. Im alltäglichen Leben werden ihre Fähigkeiten immer wieder gefordert und sie muss jeden Tag beweisen, dass sie eine starke Frau ist."

112 Seiten für 7,90 Euro

Aktuelle Informationen und Neuerscheinungen finden sie immer im Internet unter:

www.Goeritz-Netz.de